DE LA MÊME AUTRICE

LA FASCINATION, JC Lattès, 2023 (Le Livre de Poche)

LES VANITÉS, JC Lattès, 2021 (Le Livre de Poche n° 36810)

LES VOLONTÉS, JC Lattès, 2020 (Le Livre de Poche n° 36089)

LES ACTES, JC Lattès, 2019 (Le Livre de Poche n° 35718)

JE SUIS LA FILLE DE CASANOVA

Cécile Guidot

JE SUIS LA FILLE DE CASANOVA

ROMAN

MERCVRE DE FRANCE

Aux enfants que nous demeurons

« Je voudrais que tu fasses écrire sur ma tombe que la grande affaire de ma vie, ça a été de donner du plaisir aux femmes »,

31 août 2023, mon père.

1

Il était moins intéressé par le sexe que par la conquête de l'esprit de celles qu'il convoitait, il aimait le jeu, le ballet de la séduction, il n'était donc pas seulement un jouisseur, il n'était pas un pornographe, ça le distingue de Sade, il était un séducteur et en cela, il avait besoin de conquérir l'esprit en plus du corps ; ce qui l'excitait, c'était de jouer à jeu égal avec les femmes. Il n'était pas Don Juan, cruel et destructeur, qui jouit du déshonneur des femmes qu'il a séduites. Le consentement était la condition du plaisir de Casanova, l'amour le décuplait. Le micro grésilla légèrement, je conclus par Les hommes qui se revendiquent de Casanova devraient commencer par lire ses Mémoires.

Lorsque je m'étais arrachée du siège en plastique qui collait à mes cuisses, le directeur de l'université avait passé sa main autour de mon épaule, son assistante s'était déplacée plusieurs fois pour prendre la photo sous différents angles, avec derrière nous, sur le tableau blanc en lettres noires : *Casanova, la séduction ou la vie.* J'avais regardé une dernière fois le jeune homme qui m'avait fixée pendant mon intervention, il y avait dans chaque conférence au moins un homme fasciné par la professeure d'université, trentenaire, spécialiste de Casanova. Je me montrais de plus en plus sévère à l'égard de ces hommes qui, en s'identifiant à Casanova, me prenaient pour cible de leur fantasme. En dédiant ma vie, j'exagère, en consacrant la plus grande part de mon temps de recherche à Casanova, je lui appartiens en quelque sorte, et j'appartiens à tous ses admirateurs. Une fois, un écrivain célèbre qui se prenait pour Casanova, m'avait dit Vous êtes la dernière maîtresse de Casanova. J'étais jeune, j'avais répondu très sérieusement Non, je suis chercheuse, spécialiste en littérature du XVIIIe, il avait eu un geste de la main pour se moquer de ma réponse pompeuse, la cour de femmes qui l'entourait avait ri dans un grand éclat d'une seule voix. Je m'en étais voulu de ne pas avoir eu plus de repartie, j'étais allée pleurer dans les toilettes, et au miroir j'avais déclaré durement, dans différentes grimaces, comme De Niro dans *Taxi Driver* Vous n'êtes pas Casanova.

J'avais décliné la proposition du directeur de l'université de me raccompagner à la gare avec sa voiture, je voulais marcher. À ce moment précis mon téléphone vibra dans ma main, *Papa* s'affichait. Le temps des remerciements réciproques, mon téléphone cessa de vibrer et j'avançai instinctivement en direction de la gare, l'esprit vide et heureux du travail accompli, je connaissais mon sujet, dix ans de travaux de recherches sur Casanova, une thèse qui avait été publiée, une cinquantaine de conférences dans le monde entier, Casanova fascinait partout.

J'avais même contribué au scénario d'un film américain. Et je m'étais fixé l'objectif d'écrire un roman avant mes quarante ans, nous étions le 2 juin 2023, il me restait 266 jours jusqu'au 23 février prochain, et je rêvais de le publier en 2025, année anniversaire des trois cents ans de la naissance de Casanova, le 2 avril 1725. Je n'avais pas écrit une ligne, je n'avais pas la moindre idée de l'histoire. Mes chaussures à talons me blessaient, je n'avais pas pris en compte cet élément dans mon ambition de regagner la gare à pied, je ne les portais que pour les conférences, je sentis mon téléphone vibrer dans ma poche.

— Papa, excuse-moi, je sors d'une conférence.

Il me demanda Où, et j'eus un moment d'arrêt comme si j'étais perdue dans un monde où tout se ressemblait, où les avenues, leurs noms, les gares, les gens étaient les mêmes.

— Brest.

— Il fait beau ?

Sa voix était étranglée par les larmes, je pensai qu'il était arrivé quelque chose à ma grand-mère de quatre-vingt-douze ans. Ou à ma mère, sortie de la dépression, qui avait basculé dans un excès de joie de vivre inquiétant.

— Il fait beau mais on dirait que tout peut changer d'un coup.

— Sylvie m'a quitté, elle a découvert que j'avais une liaison.

Je m'immobilise, le souffle coupé.

— Avec qui ? je murmure.

— La kiné de ta grand-mère. Elle vient trois fois par semaine pour son genou.

— Je croyais que c'était un homme.

— Oui au début, maintenant c'est une femme. Depuis trois mois. Elle vient d'arriver dans la région. Suite à une séparation. Tu sais, j'ai repeint la cuisine de ta grand-mère. J'étais là quand elle venait, on parlait pendant qu'elle s'occupait du genou. Et voilà !

— Et voilà quoi ?

— Je n'ai pas pu résister, c'est une belle femme. Elle s'appelle Florence.

— Elle a quel âge ?

— Cinquante-trois ans. Elle n'arrivait pas à monter une bibliothèque chez elle. Je lui ai proposé de l'aider. J'y suis allé un mercredi après-midi, elle m'a offert l'apéritif pour me remercier et je l'ai embrassée.

— Papa, c'est pas possible. Comment Sylvie a su ?

— Je téléphonais à Florence dans le cerisier, Sylvie est arrivée discrètement et elle a écouté.

— Pourquoi tu téléphonais dans le cerisier ?

— Je cueillais des cerises. D'habitude, j'entends toujours Sylvie arriver, en voiture, ou à vélo. Là elle m'a surpris.

— C'est qu'elle se doutait de quelque chose.

— Elle recevait des appels anonymes.

— Disant quoi ?

— Qu'elle était cocue, que c'était bien fait.

— Tu sais de qui ça peut venir ?

— Non, c'était une voix de robot.

— Comment a réagi Sylvie ?

— Elle est allée directement chez Florence qui a d'abord

tout nié. Elle a même interrogé ta grand-mère qui a été très bien. Elle a dit qu'elle n'avait absolument rien vu.

— Alors qu'elle sait ?

— Oui, depuis le début, elle a bien vu notre manège avec Florence.

— Qu'est-ce qu'elle a dit ?

— Elle m'a fait la morale. Je me sens mal. Sylvie m'a quitté. Florence ne veut plus me voir.

— Pourquoi Florence ne veut plus te voir ?

— Parce que je lui ai un peu menti : je lui ai toujours dit qu'il n'y avait plus rien avec Sylvie, mais Sylvie lui a dit que nous avions encore des rapports. Florence était tellement furieuse qu'elle a tout raconté à Sylvie.

— Je croyais qu'elle avait nié ?

— D'abord oui mais quand elle m'a demandé si c'était vrai que nous avions encore des rapports avec Sylvie, je n'ai pas menti, et elle a rappelé Sylvie pour lui dire la vérité.

Un rire nerveux traverse mon inquiétude.

— C'est pas drôle, je suis malheureux.

— Excuse-moi, papa, mais c'est cocasse ! Vous avez parlé avec Sylvie ?

— Oui pendant deux jours et deux nuits, j'ai d'abord nié, j'ai même juré sur ta tête...

— Tu plaisantes !

— Elle m'a demandé de le faire. Elle m'a mis dehors ce matin à 5 heures. Quand, épuisé par son interrogatoire, je lui ai avoué que j'avais une liaison depuis un mois, elle m'a dit que je n'avais aucune morale pour jurer sur la tête de ma fille.

— Je suis d'accord avec elle.

— J'ai préféré jurer sur ta tête que sur celle de ta sœur. Toi tu as déjà un enfant, tu as Samuel, tout va bien...

— Jusque-là oui, tout allait bien ! Et ça n'est pas parce que Marion est lesbienne et sans enfant que tout va mal de son côté ! Tu m'as dit trois mois ?

— Je lui ai dit un mois, ça minimise.

— Papa, c'est pas vrai ! Pourquoi tu as fait ça ?

— Je ne peux pas m'en empêcher.

— T'empêcher de quoi ?

Je n'entends plus que le martèlement de mes petits talons sur la chaussée, j'ai envie de les balancer sur les rails que je longe encore. Je me souviens alors de mon rêve de la nuit précédente où je ratais un train, le contrôleur à moustache et uniforme d'un autre temps fermait la porte devant moi, d'un air sévère et punitif. J'accélère. Mon père se tait toujours.

— Papa !

— D'aimer les femmes, de les trouver belles...

— Mais tu aimes Sylvie.

— Bien sûr, ça n'a rien à voir.

— Tu as quitté maman pour Sylvie. Avec toutes les complications, le mot est trop faible, le désastre consécutif !

— Je ne l'ai pas quittée pour Sylvie. Je ne voulais pas. C'est ta mère qui est partie. Je suis allé trop loin. Je l'aimais, ta mère, mais elle n'était pas sexuelle et...

— Papa, s'il te plaît, ne parle pas de maman d'un point de vue sexuel...

— Laisse-moi finir. Et même si elle avait été sexuelle, ça n'aurait rien changé. Le désir s'éteint avec le temps, c'est inéluctable. On fait l'amour en cinq minutes avec Sylvie alors qu'on passait des heures au lit au début. Quinze ans de vie commune.

Mon père se mit à pleurer, je parlais dans le vide, je ne savais pas trop ce que je disais.

On n'est pas préparé à consoler son père d'un chagrin d'amour.

La conversation a été interrompue par Sylvie qui appelait, il m'a rappelée deux minutes après, c'était pour le prévenir qu'elle avait jeté toutes ses affaires dans la rue devant chez elle.

Il fonce avec son Kangoo, mon papa qui pleure.

L'homme le plus fort.

Celui avec qui je jouais à la bagarre sur le canapé le dimanche soir, qui faisait semblant de perdre car j'allais jusqu'à la douleur pour gagner, et il me prenait dans ses bras et nous regardions *Maguy* en famille, celui qui me construisait les cabanes que j'avais vues dans *Copain des bois*, celui qui m'emmenait couper du bois l'hiver dans la forêt, celui dont j'emboîtais toujours le grand pas dans sa ferme, dans ses champs, mon papa agriculteur. Je pouvais passer des heures assise sur le petit siège du tracteur. Pendant les grandes vacances je ne manquais aucune des grandes journées des moissons, la poussière collait à ma peau dans la chaleur de juillet, je restais jusqu'à la nuit, je regardais dans les phares la moissonneuse avaler les épis, les grandes mains de mon père sur le volant, ses bras dans son débardeur, des bras forts, couverts d'un duvet blond, parcourus de longues veines. Il était le seul à pouvoir me serrer dans ses bras.

Je n'ai pas rencontré d'hommes aussi forts depuis, je ne les recherchais pas peut-être, je devais savoir que les hommes forts ont besoin d'embrasser et de conquérir, qu'ils ne restent pas, c'est ce qu'on leur a appris.

Je voulais conquérir.

Le wagon est clairsemé, je m'installe à une place isolée, j'aime être une passagère légère, sans bagage, sans enfant, inconnue, sans retour. Casanova m'entraîne à travers le monde, je ne suis pas sa dernière maîtresse ou sa dernière conquête, je ne suis pas un corps ou un esprit qu'on annexe, nous sommes deux aventuriers, le mouvement nous constitue, il nous mélange. Une fois la conférence terminée, les questions épuisées, je rejoins mes propres rivages, je ne peux pas toujours échapper aux cocktails mais je ne suis déjà plus là, je pense rivages parce que la mer est là tout autour de cette ville dont je m'éloigne; il y a des départs pour des îles, pour le monde. Mais je suis une enfant de la terre et des forêts, je monte dans ma cabane dans les arbres et j'écoute les oiseaux. J'ai bientôt quarante ans, je réalise que je me suis beaucoup éloignée de l'enfant que j'étais, je pense à elle, sauvage et libre. C'est peut-être l'enfance de ma fille qui me ramène vers mon enfance. Et c'est aussi qu'avec l'âge je fais moins d'effort pour être quelqu'un d'autre.

Un jour je vivrai dans une maison au milieu des arbres, aujourd'hui Paris est ma forêt, elle est ma liberté, je peux me fondre entre les corps et les immeubles, je peux être la passagère, l'étrangère, je peux rester à la surface, je peux ne pas dire mon nom, je peux mentir sur mon identité.

Je suis la fille de personne.

J'écris à mon père : Sois honnête avec Sylvie, elle le mérite, demande-lui pardon, dis-lui que tu l'aimes, que tu lui as toujours été fidèle pendant toutes ces années, que tu n'aimais pas cette femme. Je pense à toi, papa. Il me répond : Merci, ma fille, j'ai déjà tout essayé.

Je pense au couple de *L'Identité* de Kundera que je suis en train de lire, ils vieillissent ensemble, ils s'aiment, ils n'ont pas d'enfant, leur amour n'existe que pour lui-même, et un jour la femme dit à son mari Les Hommes ne me regardent plus. Alors elle commence à recevoir des lettres d'un admirateur anonyme qui dit l'observer dans la rue, dans son quartier, ça la transporte, ça l'excite, elle le cherche dans les rues, elle s'habille pour lui plaire, le mari observe ces changements, on ne le sait pas encore à ce stade de l'histoire mais j'imagine que c'est le mari qui écrit ces lettres. Est-ce que c'est un acte purement généreux pour lui prouver qu'elle est encore belle au risque de souffrir des changements qu'il observe, dans le danger de ne plus être aimé, de ne plus l'aimer ? Est-ce une voie traîtresse et dangereuse pour tester leur amour car finalement ils se trahissent tous les deux et vont révéler à l'autre un visage différent ? Je sors le livre de mon sac, j'ai quatre heures devant moi, je vais savoir.

Avons-nous plusieurs visages ?

Je me retourne sur Casanova, il se tient derrière moi, c'est moi qui le conduis, son visage est familier et inconnu toujours, figé dans les gravures et les peintures, son esprit demeure extrêmement mobile à travers les siècles, il ne cesse d'intéresser les générations successives, justement par son mouvement, justement par sa multiplicité, par la richesse et la simplicité de ses Mémoires.

Ni les montagnes ni les hommes ne sont monolithiques.

Mon téléphone s'allume dans le filet accroché au dossier du siège devant moi : à travers les mailles, le visage de Samuel, mon mari, s'affiche dans un sourire bonhomme.

— Maya a le nez qui coule, j'ai l'impression qu'elle a de la fièvre, je ne trouve pas le thermomètre.

— Il est à sa place habituelle sur la petite étagère au-dessus du lavabo.

— Ah oui ! Maya, tu te calmes, elle est infernale. Tu es malade, mais papa est fatigué.

Samuel ne travaille plus depuis un an, il a vendu son restaurant, il réfléchit à son avenir en regardant des films l'après-midi.

— On va appeler maman en vidéo.

— Sam, je suis dans le train.

Il a déjà raccroché, il rappelle, je vois mes traits tirés à l'écran, je compose un sourire rassurant et doux, ma fille apparaît, en larmes, les lèvres tremblantes de colère, je murmure Mon amour, c'est maman, ma chérie, ne pleure pas, je cherche avec ma main libre les écouteurs que je ne trouve pas dans mon sac, ses cris résonnent dans le wagon, je ne regarde pas les têtes tournées vers moi, je m'éloigne, le vacarme entre les deux wagons couvre leurs voix, j'approche le téléphone de mon visage.

— Tu rentres à quelle heure ?

— Vingt-deux heures, je viens de partir de Brest.

— Tu as quelque chose pour son nez ?

— Tu lui fais un lavage avec le sérum phy, deux dosettes par narine. Et tu lui donnes du Doliprane si elle a de la fièvre. Prends sa température.

Je fixe mon reflet dans la vitre du train, barré au niveau du menton, comme si j'avais la tête coupée, par un autocollant *Condamnée*. Une question revient souvent dans mes conférences : Pourquoi on ne lui a pas coupé la tête ? Toujours posée par des hommes. Est-ce qu'ils ont peur pour eux-mêmes ? Ma réponse est invariable : L'ardeur, l'ardeur à vivre, et je parle de son incroyable évasion de la prison de Venise, de sa libération de la prison de For-l'Évêque grâce à la marquise d'Urfé qu'il avait pourtant escroquée. Il est mort quand il a renoncé. Samuel revient dans le cadre du téléphone, je fixe sa barbe devenue grise par endroits, j'entends ce que je sais, que ma fille n'a pas de fièvre.

Je reprends ma place dans le wagon, mon téléphone vibre à nouveau, je place une main devant ma bouche.

— Oui, papa, tu as récupéré tes affaires ?

— Oui, mais le chien du voisin les avait dispersées dans la rue, je suis sûr qu'il l'a laissé faire, il ne m'a jamais aimé, il a toujours eu des vues sur Sylvie. Et bien sûr, il s'était barricadé chez lui.

— Et Sylvie ?

— Elle n'est pas sortie de sa maison.

— Laisse passer un peu de temps, sa colère va retomber, vous allez parler, tu vas t'excuser, elle va finir par te pardonner.

— Ça n'est pas ta mère, elle est intransigeante.

— Elle t'aime.

— Oui, mais pour elle, la fidélité, c'est sacré, elle me l'a toujours dit.

Je n'entendis plus, il n'y avait plus de réseau, je regardai la campagne avec gratitude, je ne savais pas ce que c'était la fidélité, j'étais fidèle à Samuel depuis seize ans. En âge de couple, nous étions plus vieux que Sylvie et mon père. Je replongeai dans *L'Identité*, je pensai à mon père, mon regard se perdit dans la campagne, je m'endormis d'un coup et me réveillai dans la nuit à Paris.

Dans le couloir du métro, je décidai d'emprunter la première sortie, j'habitais trop loin pour faire tout le chemin à pied mais je voulais sentir un peu l'air, la ville, je n'étais pas pressée, ma fille dormait, mon père dormait, il m'avait écrit : Je mange chez ta grand-mère pour ne pas être seul. Puis un peu plus tard : Je vais me coucher, j'ai mal au cœur, je prends un cachet pour dormir. Samuel regardait sans doute un film, je descendis la rue de Rennes, et mes escarpins me blessèrent encore, je sentais des ampoules se former sur mes talons. Je m'assis en terrasse d'un bar-tabac et commandai une bière, j'achetai un paquet de cigarettes et fumai. Je fumais en cachette de mon mari qui fumait mais qui ne voulait pas que je fume pour que l'enfant ne sente pas l'odeur de la cigarette sur sa mère. J'hésitai à retirer mes chaussures mais je craignais de ne jamais pouvoir les remettre. Un homme voulut me parler, je ne répondis pas et fis des gestes étranges pour signifier que j'étais muette ou d'un autre pays, il choisirait; j'avais assez parlé. Je terminai ma bière d'un trait et voulus encore marcher, je traversai la Seine par le pont des Arts où, à une époque, il y avait des cadenas accrochés aux garde-corps grillagés qui représentaient l'amour, je n'étais pas fatiguée, je ne sentais plus mes pieds, je regardai les grappes de jeunes dans les bars de la rue Montmartre, je n'étais plus jeune, cette pensée me frappa, je me sentais encore jeune et pourtant j'avais bientôt quarante ans.

Qu'avais-je fait de ma jeunesse? La question se perdit dans la nuit.

J'ouvris doucement la porte de l'appartement car je savais que Samuel, comme chaque soir, dormait devant la télévision, je le réveillai en le secouant légèrement par l'épaule, je dis Viens te coucher, il ne viendrait que bien plus tard. J'entrai dans la chambre de ma fille endormie, mes mains tâtonnèrent sur les draps jusqu'à sentir son corps, jusqu'à ce que mes yeux s'habituent à l'obscurité et que j'embrasse son front. J'allai me démaquiller dans la salle de bains, mon visage se décomposait le soir, je ne voulus plus le voir, j'éteignis la lumière et me brossai les dents dans le noir. J'enfilai un T-shirt, une culotte en coton, lus quelques pages de *L'Identité* jusqu'à sentir le sommeil venir.

Au milieu de la nuit, je fus réveillée par une sorte de courant d'air dans la chambre, je me redressai, la fenêtre était fermée, je vis distinctement Casanova assis au bout du lit qui me regardait, tête nue, sans perruque, avec un sourire moqueur, j'ouvris plus grand les yeux et ne le vis plus. Je regardai Samuel qui ronflait bouche ouverte sur le dos, je le fis rouler doucement sur le côté, il ne ronfla plus, je restai assise sur le lit à surveiller la chambre, m'allongeai, me tournai sans trouver le sommeil et allai dans la cuisine. L'horloge du four affichait 5 h 15. Je me fis un café dans la tasse rouge que je préférais et m'installai à la table de la salle à manger devant mon ordinateur. Je commençai à écrire ce qui déferlait dans mon cerveau ensommeillé percuté par Casanova dans ma chambre. Je lui réservais déjà le meilleur de ma pensée et maintenant il venait dans ma chambre la nuit. J'écrivis sur les dernières heures que je venais de vivre, rien d'extraordinaire, Casanova, mon père, mon mari, et moi, en dernier, comme repoussée à la frontière de ma propre vie.

Lorsque ma fille m'appela à 8 heures et que j'allai serrer son corps chaud dans son petit lit, je réalisai que j'avais totalement déserté mon propre corps pendant ces heures d'écriture. Je n'avais pas vu le jour qui se levait, j'avançais, capitaine de mon propre vaisseau, sur une mer d'huile qui se confondait avec le ciel, sans horizon, et pourtant éblouie. J'emportai le corps de ma fille accrochée à ma poitrine dans la cuisine, j'embrassai sa joue tiède et préparai son biberon.

J'allumai mon téléphone, mon père avait appelé deux fois, je dis à ma fille On va appeler Papi Tracteur, ma fille frémit de joie. Celui qui lui faisait faire des tours de tracteur tondeuse dans la cour de la ferme, qui lui faisait tendre la main pour nourrir les poules et les lapins, qui lui montrait les veaux nouveau-nés dans la ferme voisine, qui l'avait fait asseoir dans la remorque sur la montagne de feuilles mortes alors qu'elle n'avait pas trois ans, pour aller les répandre dans le champ derrière la maison. Celui qui lui ouvrait le monde de la nature et des animaux, celui qui lui faisait surmonter sa peur. Dans l'écran elle le vit pleurer, elle demanda Pourquoi tu pleures, papi, il fit un sourire triste, Je veux voir Caquette, la poule qu'elle avait choisie au marché aux volailles de Louhans. Alors il est sorti de la maison avec son téléphone et il lui a montré Caquette dans l'enclos en terre battue, elle se cachait toujours sous les branches basses du magnolia, elle ne se mélangeait pas aux autres, elle ne pondait pas.

— Est-ce qu'elle a fait des œufs ?

— Toujours pas.

Il se remit à pleurer lorsque sa mère apparut dans le cadre, regard de lynx, un seul œil valide derrière ses grandes lunettes, toujours levée tôt, la première dans le poulailler à quatre-vingt-douze ans, sur son vélo chaque jour par tous les temps, toujours partante pour les lotos, les bals des dimanches après-midi, les repas des pompiers, les voyages organisés pour découvrir les volcans d'Auvergne ou les chutes du Niagara, le corps fatigué mais dur au mal. Elle avait connu une guerre, les Allemands dans la maison de ses parents, des décennies de travail à la ferme, les vaches et les champs, la maison à tenir, les enfants à élever, elle avait enterré deux hommes, alors quand elle vit son fils pleurer, elle secoua la tête et dit Allez reprends-toi. Elle regarda ma fille dans l'écran, montra toutes ses dents, et dit Heureusement que tu es une fille, toi, tu ne nous embêteras pas. Mon père s'éloigna de sa mère et murmura Elle ne sait pas aimer.

Sur le chemin de l'école, je me souvins que Casanova, au tout début de ses Mémoires intitulés *Histoire de ma vie*, décrivait une scène où « une femme éblouissante » vint s'asseoir sur son lit d'enfant, visite annoncée par une guérisseuse pour le libérer des saignements de son nez. Il devait garder secrète cette visite sous peine de mort.

Le volume un d'*Histoire de ma vie* était dans le tiroir de ma table de chevet, depuis toujours, depuis que j'avais lu les trois volumes d'une traite l'hiver de mes quinze ans, le dernier hiver avant l'entrée au lycée. Ce volume m'avait suivie dans chacune des chambres de ma vie ; c'était le premier livre que j'avais lu à la sortie de ma dépression adolescente, Casanova m'avait emportée dans son appétit et sa joie de vivre. C'était un livre défendu, je l'avais volé à mon père, je prenais sa place, je me coulais dans le regard masculin, j'investissais la liberté des hommes tout en abandonnant les vêtements de garçon de mon enfance, je compris avec Casanova qu'il n'appartenait qu'à moi de déployer ma force, de mener la vie que je souhaitais.

Je tirai le tiroir si fort qu'il me resta dans les mains, Samuel qui dormait ne bougea pas. Mes doigts parcoururent les pages fines de la Pléiade et s'arrêtèrent à la page vingt :

> À peine couché, je me suis endormi sans même me souvenir de la belle visite que je devais recevoir ; mais m'étant réveillé quelques heures après, j'ai vu, ou cru voir, descendre de la cheminée une femme éblouissante en grand panier, et vêtue d'une étoffe superbe, portant sur sa tête une couronne parsemée de pierreries qui me semblaient étincelantes de feu. Elle vint à pas lents d'un air majestueux et doux s'asseoir sur mon lit. Elle tira de sa poche des petites boîtes, qu'elle vida sur ma tête murmurant des mots. Après m'avoir tenu un long discours, auquel je n'ai rien compris, et m'avoir baisé, elle partit par où elle était venue ; et je me suis rendormi.

Je me remis à écrire comme si je n'avais rien d'autre à faire, alors que de nouveaux mails s'ajoutaient aux mails des jours précédents, ma conférence de Venise restait à préparer, une montagne de vêtements sales débordait du panier à côté de la machine. Lorsque Samuel se réveilla, je me transportai dans le lit chaud et continuai, je n'arrivais pas à m'arrêter, j'écrivais tout ce qui venait, et les pensées et les mots déferlaient, mes mains avaient du mal à suivre sur le clavier.

Plus tard, je retrouvai Samuel dans la cuisine, son territoire, il cuisinait dès le matin, c'était l'activité qu'il préférait, je lui racontai le chagrin de mon père. L'avoir écrit me permettait d'en faire le récit.

— Sacré Armand !

— C'est ce qu'on dit toujours d'un homme qui trompe sa femme.

— Qu'est-ce que tu veux que je dise ?

— Essaie de me rassurer.

— Il est fort, ça va aller.

— Je crois que je ne le connais pas.

— C'est ton père !

— Justement. Qu'est-ce que tu connais de la vie de ton père en dehors de toi et de ta mère ?

Il garde le silence, il me semble entendre le chemin de ses pensées qui se heurte à une impasse.

— Sylvie va revenir, dit-il.

Sur mon téléphone posé sur la table s'affiche le visage de mon père, ce visage aux traits réguliers, fins, cette mâchoire bien dessinée, solide et rassurante, ces yeux verts et profonds qui ne dévient pas, ce teint hâlé de l'homme du dehors qui ne craint pas les intempéries, cette chevelure épaisse et drue, grisonnante autrefois brune, un visage dont on vante la beauté – on fait confiance à la beauté – un visage menteur.

— Tu vas m'appeler toutes les heures !

— Mais je ne me sens pas bien.

Sa voix tremble.

— Quand tu te sentais bien, tu ne m'appelais pas, quand tu couchais avec cette femme, tu ne pensais qu'à toi !

— J'étais heureux.

— Heureux de mentir et de tromper Sylvie, de mener une double vie.

J'ai crié.

— Heureux de vibrer encore, murmure-t-il.

— Et maintenant que tout est détruit ?

— Je suis malheureux.

— D'avoir perdu Sylvie ou d'avoir perdu cette femme ?

— Les deux. C'est un équilibre. C'est ma façon de vivre.

— Et qu'est-ce que tu comptes faire maintenant ?

— Récupérer Sylvie. Est-ce que tu pourrais l'appeler ?

— Hors de question, je ferais comme elle à sa place, je ne te pardonnerais pas.

— S'il te plaît.

Il se remet à pleurer, ma colère vacille.

— Pour lui dire quoi ?

— Que je l'aime.

— Fais-le toi-même.

Je claque mon téléphone, heureusement pourvu d'une coque, sur la table.

— T'es dure, murmure Samuel.

— Et lui, il n'est pas dur pour Sylvie, pour cette femme à qui il a menti, pour moi, de me raconter tout ça. C'est moi qu'il appelle, pas Marion !

— Elle vit à Rio, ta sœur !

— Ça n'a rien à voir ! C'est qu'il n'ose pas. Moi je suis toujours celle qu'on appelle. J'ai porté ma mère dans sa dépression, déjà à cause de mon père parti avec Sylvie, et il recommence. À soixante-neuf ans ! Franchement ! Et il me dit que c'est sa façon de vivre, je rêve !

2

J'ai passé mon doigt sur l'écran affichant le visage de poupée américaine de ma grand-mère avec ses yeux bleu clair, sa peau blanche et sans rides comme si elle avait été liftée, ses cheveux roux permanentés – elle se fait coiffer toutes les deux semaines, alternativement par ma mère et par Sylvie, pour ne pas faire d'histoires. Elle reste proche de ma mère malgré le divorce, quinze ans après elle en veut comme au premier jour à mon père, mais elle s'efforce d'avoir de bonnes relations avec Sylvie, elle dit C'est pas pareil, elle me fait plus rousse que ta mère mais je le fais pour ton père, ce qui est fait est fait. Ma grand-mère n'a connu que deux hommes dans sa vie, le père de mon père, Jean, le premier homme épousé à dix-huit ans, avec qui elle a vécu quarante ans, et Nino, après deux honorables années de viduité, le compagnon de vingt-cinq années, avec qui elle ne partageait que le bon temps, chacun sa maison et ses lessives, mais ils se voyaient tous les jours, Nino l'aidait avec ses animaux et son jardin. De dix ans plus âgé, il est mort un matin d'hiver à l'âge de quatre-vingt-quinze ans. Avec son vélo et les fleurs coupées de son jardin dans ses sacoches, ma grand-mère fait chaque semaine la ronde des cimetières, celui de mon grand-père est sur la route d'Aldi, elle s'y arrête avant les courses, Nino est dans l'enclos d'une église d'un village de campagne, elle prend toujours des morceaux de sucre pour le cheval qui tend la tête par-dessus le muret du cimetière. Elle dit souvent qu'elle a été heureuse avec ces hommes-là qui étaient bons, fidèles, pas portés sur *la boisson.* Mais par principe elle n'aime pas les hommes, dans le souvenir peut-être de son père qui rentrait ivre le soir du bar du village, du silence de sa mère sous ses grognements dans leur maison de trois pièces pleines d'enfants.

Je monte le son de mon téléphone, j'entends à peine ma grand-mère qui chuchote.

— Je ne t'entends pas bien, mémé. Tu appelles de ton téléphone portable ?

— Ton père a fait un coup de force. Je suis au poste avec lui.

Mes yeux dérivent de mon écran d'ordinateur au ciel pourtant radieux qui annonçait une belle journée, au lapin vert que ma fille a posé sur le parquet près de l'entrée dans l'attente de son retour, à l'heure sur le four : 9 h 59. Je ne pose pas de question, j'attends pour repousser ce que je vais entendre.

— Il est allé ce matin chez Sylvie, elle n'a pas voulu lui ouvrir, il a escaladé le portail, il a essayé de casser une vitre avec un râteau. Le voisin est sorti de sa maison. Ils se sont battus. Sylvie a appelé les gendarmes. Ils ont emmené ton père qui était ouvert à l'arcade sourcilière chez le médecin. Et maintenant qu'il est recousu, ils sont en train de l'interroger.

— Comment tu as su ?

— Les gendarmes sont venus me chercher. À 8 heures et demie ce matin. Je suis encore toute tremblante. Ils m'ont posé des tas de questions. Et ils veulent te parler.

— D'accord. Ne t'inquiète pas, je vais m'occuper de tout.

— Oh oui, moi je ne peux plus. Maintenant que tu sais, je peux t'en parler, ça fait trois mois que je ne dors plus, que je me fais du souci pour lui. Il n'épargne pas sa mère. À quatre-vingt-douze ans, devoir subir un interrogatoire à la gendarmerie au sujet de la conduite de son fils ! C'est pas pensable ! Et ça va faire le tour de Mougeot, je peux te dire que Mme Coquillard n'a rien manqué derrière son carreau. Y a pas plus mauvaise langue qu'elle. Et tout ça à cause de ce foutu genou qui me fait si mal.

— Tu ne vas pas t'en vouloir quand même ! Papa est le seul responsable de ce qui lui arrive.

— C'est sûr et elle m'a quand même bien soulagée. Mais maintenant je n'ai plus de kiné ! Et Sylvie n'est pas venue me coiffer. Tu verrais la tête que j'ai ! Ta mère vient demain, heureusement que je l'ai. Et ton père, sans femme, il n'est rien !

— Il est autonome, il ne vivait pas avec Sylvie.

— Tu parles, il mange chez elle matin, midi et soir. Il n'est pas fainéant, je ne dis pas le contraire, je dis juste qu'il n'a pas vécu un jour seul. Ah le voilà qui sort, je vais te passer la gendarme. C'est sa fille que j'ai au téléphone, celle de Paris. D'accord. Jeanne ?

— Oui.

— Elle va t'appeler.

Elle raccrocha brusquement. Le lapin en peluche prit presque une expression humaine d'abattement, je relus ce que j'avais écrit : « Comment avais-je atteint avec celui que j'avais aimé si fort, celui qui était devenu mon mari, ce point d'absence à l'autre ? » Je me sentis mal.

Avant l'appel, je savourais le silence de l'appartement sans ma fille et mon mari que j'avais envoyé faire des courses, maintenant il ressemblait à un gouffre et je pensai que ce livre que j'écrivais à tous moments avec une sorte d'acharnement prenait un tour un peu trop autobiographique, l'envie de tout effacer me traversa, je me levai, tournai sur moi-même, j'allai chercher le lapin, m'assis sur le canapé et le posai sur mes genoux, mon téléphone afficha *numéro masqué*.

— C'est la gendarmerie de Mougeot au téléphone, vous êtes bien Jeanne Guilbert, fille d'Armand Guilbert ?

Je suis identifiée par ma parenté, je porte le nom de mon père.

— C'est bien moi.

— Aux alentours de 7 heures et demie, ce matin, votre père a tenté de forcer le domicile de son ex-compagne, Sylvie Manteau. Il a escaladé le portail et a cherché à casser la fenêtre avec le manche d'un râteau. Il l'a fracturée sans parvenir à la casser. Le voisin de Mme Manteau, M. Blanchot, alerté par le bruit, est sorti de sa maison, et votre père l'a alors violemment pris à partie. Mme Manteau nous a appelés. Votre père est sorti du jardin de Mme Manteau et est entré dans celui de M. Blanchot pour se battre avec lui. Nous les avons séparés à notre arrivée, ils étaient comme deux chiens fous. Votre père a été blessé à l'arcade sourcilière et M. Blanchot, au nez. L'hôpital de Beaune vient de me confirmer que le nez est fracturé à deux endroits. M. Blanchot veut déposer plainte. Mme Manteau a pour l'instant déposé une main courante. Elle menace de porter plainte et de demander une mesure d'éloignement au juge si votre père s'approche encore d'elle. Je n'ai pas de raison à ce stade de garder votre père. Je vais le renvoyer chez lui sous la surveillance de votre grand-mère. Mais cette séparation semble beaucoup affecter votre père et il me semblerait bon de l'éloigner quelque temps de Mougeot. Je ne devrais pas vous le dire mais j'apprécie beaucoup votre père et ça me fait de la peine de le sentir aussi fragilisé. Cet homme d'habitude si doux, si lumineux. Je ne voudrais pas qu'il fasse un geste inconsidéré. Ça n'est peut-être pas la peine de l'envoyer jusqu'au Brésil chez votre sœur mais au moins le prendre un peu avec vous à Paris, si vous le pouvez bien sûr ?

Je répète dans ma tête cette phrase : Cet homme d'habitude si doux, si lumineux.

— Je suis désolée mais je n'ai pas entendu votre nom.

— Pardon, je ne me suis pas présentée. Je m'appelle Clara Morgand. J'ai connu votre père il y a quelques années lorsque je suis arrivée à la gendarmerie de Mougeot et qu'il était adjoint aux travaux à la mairie. Nous avons eu l'occasion de travailler ensemble. C'était un homme très actif, très compétent. Ça serait bien pour lui.

Un homme très actif, très compétent.

Un homme, mon père.

Ça serait bien pour lui, comme si elle savait ce qui est bien pour mon père.

— D'accord, je vais venir le chercher demain.

Mon père va vivre chez moi. C'est un mouvement inédit d'accueillir un père chez soi, un père en plein chagrin d'amour, un homme que je ne connais pas.

3

Ton père.

C'est par ces mots que ma mère conclut notre conversation, ces deux mots contenaient sa défaite, son pardon et son amour.

À ma demande, elle me raconta leur histoire : ils s'étaient mariés jeunes et beaux, ils avaient vingt-cinq ans tous les deux – ils sont nés à un jour d'écart – ils ne s'étaient jamais parlé, mon père avait traversé la rue pour lui dire Vous êtes la femme de ma vie, il l'avait trompée au bout d'un an de mariage et n'avait jamais cessé de vivre des amours parallèles, il lui avait avoué chaque fois, elle lui avait toujours pardonné, non sans en parler beaucoup à sa mère à lui – elle avait perdu la sienne à dix-huit ans –, et à ses filles qui étaient encore des bébés. Quand elle était seule avec elles – avec nous – et qu'elle se sentait angoissée, le soir surtout, quand il était à ses réunions du conseil municipal, elle leur parlait en les berçant, elle a arrêté de le faire lorsqu'elles ont été en âge de comprendre. Elle l'avait aussi trompé, non par systématisme, mais par impulsions. Je me souviens des hommes qui étaient invités à dîner, du rire de ma mère, des bouteilles que mon père ouvrait. Pour l'amant, c'était un commencement, pour ma mère, c'était la fin, l'amant repartait vaincu par mon père. Mon père, lui, tombait amoureux de ses maîtresses. Surtout de Jacqueline Balzan, je reste bloquée sur ce nom qui était quelque part dans ma mémoire, je me souviens très bien de son visage, et tandis que ma mère continue à parler des autres, surgit le baiser de mon père sur les lèvres de Jacqueline B., dans la forêt, je réduis son nom à une lettre pour qu'elle existe moins. Je ne dis rien à ma mère, je reprends le fil de son monologue : Il n'est jamais parti, je lui ai toujours pardonné, jusqu'à Sylvie.

Sylvie était la meilleure amie de ma mère. Elles s'étaient rencontrées quand elles étaient en apprentissage dans un salon de coiffure à Mimizan, dans les Landes. Elles dormaient dans la même chambre chez leur patronne. Elles avaient seize ans. Elles ont été les témoins de leurs premières amours. Puis la géographie les a séparées pendant quarante ans. Et un matin, Sylvie a téléphoné à la maison, son mari ingénieur était parti avec sa professeure de tennis, elle était désespérée, elle voulait changer d'air, ma mère était si heureuse de retrouver son amie de jeunesse, ma mère qui avait peu d'amies et se méfiait des femmes. Sylvie était comme une sœur, elle l'accueillit à bras ouverts à la maison. Le séjour de quelques semaines s'était transformé en mois, Sylvie aidait ma mère au salon de coiffure, elle s'occupait du jardin avec mon père, elle avait retrouvé la joie de vivre. Elle avait vendu sa maison des Landes et en avait acheté une proche de la nôtre. Ma mère l'avait embauchée dans son salon de coiffure. Et mon père a avoué à ma mère qu'il avait une liaison avec Sylvie. Ma mère a laissé son mari et son salon de coiffure à Sylvie, elle est partie vivre dans un appartement en ville. Sylvie n'a pas voulu du salon mais elle a pris le mari. Tout cela se fit avec naturel mais ce fut la tromperie de trop, la double trahison qui ravagea ma mère, qui la plongea dans la dépression. Elle tenta de se tuer, elle avait avalé des plaquettes d'anxiolytiques dans son appartement refait à neuf, qui sentait encore la peinture, je l'ai trouvée. En convalescence à l'hôpital, elle a croisé un ancien collègue de mon père du bureau de géomètre où il travaillait jeune, qui s'était fait opérer de l'appendicite. Elle s'est mariée avec lui. Elle l'appelle son *Doudou* et dit Il est moins beau que ton père, on dirait un gros bébé, mais il est tendre et fidèle. Ton père n'a toujours pensé qu'au sexe. C'est ainsi qu'elle conclut notre conversation, elle était attendue par ses amies pour boire son café du matin, la vie avec mon père était maintenant derrière elle.

Je reprends ma place derrière mon ordinateur à la table de la salle à manger, ça n'est pas ma fille, c'est mon père que je vois, allongé sur le canapé du salon, fixant le ciel par la fenêtre, le regard vide. Je n'avais pas envisagé cette hypothèse, que mon père échoue sur mon canapé à la demande de la gendarmerie.

Je cherche une réponse intelligente à la question d'un magazine féminin *Casanova était-il beau ?* J'essaye de construire un raisonnement que je veux aussi rapide et incisif qu'une flèche et qui ressemble à une spirale. Comme si la beauté des hommes avait un quelconque rapport avec leur succès. Casanova était très grand : dans ses Mémoires, il dit mesurer 1,88 mètre, sur son passeport français est inscrit 1,91 mètre, ce qui était une curiosité pour l'époque. Il s'habillait avec faste et extravagance, il se travestissait souvent. Selon le prince de Ligne, il n'était pas beau :

> Ce serait un bien bel homme, s'il n'était pas laid; il est grand, bâti en Hercule; mais un teint africain, des yeux vifs, pleins d'esprit à la vérité, mais qui annoncent toujours la susceptibilité, l'inquiétude ou la rancune, lui donnent un peu l'air féroce, plus facile à être mis en colère qu'en gaieté.

Mais il savait raconter des histoires, faire rêver. J'écris : « Pour Casanova, séduire passait d'abord par le langage, il se définissait lui-même comme un beau parleur. Ses aventures étaient indissociables de leur récit, qui alimentait ses conquêtes. Récit oral, récit écrit, il était un écrivain prolifique, tout au long de sa vie il écrivit des textes littéraires, politiques, philosophiques, pour conclure par la somme légendaire d'*Histoire de ma vie* qui a fait son succès, où il retrace, comme un roman, sa vie depuis sa naissance. »

Mon père, celui qui lisait dans les nuages, qui connaissait les vents, qui sentait la pluie arriver, regarde le ciel sans le voir. Celui qui m'a appris à me lever tôt, celui qui m'a appris à travailler, celui dont je suivais le pas en courant quand j'étais enfant, était allongé à 10 heures du matin dans les draps de son lit improvisé sur le canapé de mon salon parisien.

— Papa, qu'est-ce que tu fais avec ton téléphone ?

— Rien.

— Montre-moi.

Je m'approche. Il le cache sous le drap.

Je fais un geste pour tirer le drap.

— Oui, je lui ai écrit.

— Mais c'est pas possible !

— Juste un petit message pour m'excuser.

— Mais il ne faut pas ! Tu as envie qu'elle porte plainte ?

— Elle ne va quand même pas porter plainte contre moi !

— Qu'est-ce que t'a dit la gendarme ! C'est pas vrai ! Je vais te le confisquer !

— Promis, je n'envoie rien d'autre. Mais je veux être sûr qu'elle l'a reçu !

— Il est distribué ?

— Oui.

— Donc elle l'a reçu.

— Elle m'a peut-être bloqué.

— Il ne serait pas distribué !

— Peut-être que mon téléphone ne fonctionne pas ? Tu peux essayer de m'envoyer un message ?

— Non ! Tu m'énerves ! Sors de ce canapé.

Il suit mon regard sur son torse nu, son ventre proéminent du vin quotidien et des desserts de Sylvie. Je retourne derrière mon ordinateur, j'essaie de me concentrer, je m'efforce de ne pas le regarder, je finis par céder parce que les mots ne viennent pas, parce que je m'en veux, des larmes coulent le long de ses joues, se perdent dans une barbe de trois jours que je ne lui ai jamais vue.

— Papa, il faut que tu tiennes, c'est important, dis-je d'une voix aussi douce que possible.

— Pourquoi ?

— À cause de la gendarmerie ! Et parce que le temps est important en amour. Je travaille encore un peu et on va boire un café dehors si tu veux.

Il a hoché la tête comme un enfant. Les larmes coulent toujours de ses yeux, il commence à enfiler son jean par-dessus son slip de la nuit.

— Non, tu vas à la douche et tu retires les draps de ce canapé s'il te plaît.

Mon père arrêta de pleurer et s'exécuta. Il plia les draps, il mit du temps mais il le fit avec soin et il les glissa sous le canapé. Samuel apparut, le pas lourd.

J'ajoutai à ce que j'avais écrit : « L'écriture est indissociable de la séduction, du désir, c'est le même mouvement ; l'écriture est libidinale. »

Je les regardai côte à côte, appuyés contre le plan de travail de la cuisine, leur tasse de café dans les mains : mon père, avec écrit sur le gros élastique noir de son slip *L'homme*, mon mari, avec son éternel jogging beige béant aux fesses et ses espadrilles pliées aux talons. Je pris une photo que je leur envoyai, avec en commentaire *Lundi, 10 h 15 du matin*. Mon père se précipita sur son téléphone.

— C'est moi qui viens de t'envoyer une photo, papa.

— Elle est bien, dit-il en souriant faiblement.

— Tu as mangé ce matin, Armand ? demande Samuel.

— Non, je n'ai pas faim.

Samuel beurre une tartine et la couvre de confiture. Il la tend à mon père qui mâche mécaniquement.

— Vous pouvez aller faire quelques courses ? demande Samuel.

— Je préférerais que tu y ailles. On va aller boire un café dehors et on remonte. Il faut que je bosse. Je dois rendre mon article avant ce soir.

— Je n'ai pas pris mon petit déj, je ne suis pas prêt, il faut que je regarde mes mails, et je voudrais renvoyer mon sweat mais je n'arrive pas à imprimer le bon de retour.

— L'imprimante fonctionne, je l'ai utilisée hier.

— Je n'arrive pas à me connecter à mon compte La Redoute, je ne retrouve pas le mot de passe.

— Tu le réinitialises.

— Je n'y arrive pas, ça me saoule ces ventes en ligne.

— Il ne faut pas commander par Internet alors ! Tu vis en 2023 ! Bon, papa, tu vas à la douche, moi je vais travailler au café, et tu me rejoins quand tu es prêt. Et Sam, tu vas faire les courses !

— Je voulais faire un gratin de choux-fleurs pour ce midi. Qu'est-ce que je prends d'autre ?

— Très bien. Tu refais un plein de fruits, légumes, viande, fromage, le frigo est vide. Et reprends des tablettes pour le lave-vaisselle. Il est plein.

Je quittai l'appartement avec mon ordinateur. Un vent de mer, chaud, orageux, soufflait dans les rues. La jupe d'une femme fut comme soulevée par une main invisible, celle de Casanova peut-être qui errait dans le quartier. Il s'introduisait dans les chambres des femmes sans pouvoir les toucher, il effleurait leurs corps, il les regardait dormir, il allait de chambre en chambre à travers l'Europe, on n'arrêterait jamais Casanova, éternel amoureux.

Comme chaque matin depuis son apparition, je m'étais réveillée à 5 h 15 et j'étais allée écrire dans la baignoire. La salle de bains était la seule pièce possible pour ne pas réveiller mon père dans le salon, ma fille dans sa chambre, Samuel, et la baignoire le seul espace où me tenir assise et étendre mes jambes, j'avais poursuivi le roman qui commençait. J'avais eu un peu mal aux fesses le premier jour, alors je m'étais organisée : avant de me coucher, je plaçais mon ordinateur, son câble d'alimentation, un coussin, un plaid, une bouilloire, du café et une petite cafetière à piston dans le placard de la salle de bains. J'écrivais de deux heures à deux heures et demie, selon le réveil de ma fille, regardant à peine le jour se lever par la lucarne au-dessus de moi, totalement absorbée, possédée par le récit qui se formait presque indépendamment de moi, emmenée par une force qui me dépassait. Dans mon travail universitaire, je n'écrivais jamais au Je, dans ce récit cela était naturel. Comme dans le journal que j'avais tenu adolescente, enfermé dans une boîte rangée dans une vieille valise à tourne-disque au fond d'un placard. Ce Je ne m'obéissait pas, il était dangereux, j'avais réussi à lui échapper en enfermant ce premier journal dans des boîtes. Puis je m'en étais tenue aux devoirs scolaires jusqu'à une autre et brève tentative au tournant de mes vingt ans. J'avais enfermé ce premier journal peu avant de découvrir Casanova.

Mon père avait fêté ses quarante-cinq ans en 1998. J'avais quatorze ans. C'était une belle journée de la mi-septembre, nous étions dans le jardin autour de la piscine, ma sœur de neuf ans et ses amies se baignaient. Je n'avais plus d'amis, j'étais devenue complexée, je ne me mettais plus en maillot de bain devant des étrangers, je ne nageais pas, même seule, je ne jouissais de rien pour moi-même. Je ne retirais mes vêtements amples que pour me doucher, en ignorant mon reflet dans le miroir. Je me pesais tous les matins, je voulais être la plus légère possible, disparaître, je notais sur un carnet l'évolution de mon poids, j'avais atteint les quarante-cinq kilos. Je m'effaçais.

Pour sa fête d'anniversaire, mon père portait une chemisette blanche, je m'en souviens parce qu'elle était neuve et qu'elle m'aveuglait avec le soleil. Elle tranchait avec sa peau noircie par les grandes journées de moisson.

Son meilleur ami, Jean-Marie, est apparu dans sa Méhari, avec un grand chapeau de cow-boy et une fusée qu'il avait tirée dans le ciel. Jean-Marie était un homme fantasque qui avait gardé un esprit d'enfant. Il est arrivé dans le soleil de midi, en klaxonnant, la fusée a formé un palmier, il a tendu à mon père un gros paquet rectangulaire, il était un grand lecteur, il lisait Nietzsche, Giono,

Camus, San-Antonio, Simenon, Manchette, beaucoup de littérature américaine, Hemingway, Roth. Il était fou de Gary, il m'avait offert *La Promesse de l'aube* pour mon anniversaire quelques mois plus tôt. J'avais aimé, j'avais pensé à ma mère et je m'étais dit que l'amour des mères est toujours un peu fou. J'avais lu ces auteurs qu'il aimait, il n'y avait que des hommes. Mon père avait ouvert le paquet enveloppé dans des pages de *Charlie Hebdo*.

Après deux secondes d'effroi presque imperceptible, que j'ai vu parce qu'on voit tout à quatorze ans – et je surveillais mon père, sans savoir je sentais le danger –, il a souri, a montré les trois volumes d'*Histoire de ma vie* de Casanova et a dit assez sobrement J'ai de la lecture pour l'hiver. J'ai regardé ma mère qui a tourné le dos d'un coup et s'est éloignée en direction de la cuisine, une main sur le visage. Mon père a couru derrière elle. Ma grand-mère a regardé fixement Jean-Marie de ses yeux délavés et elle a dit Vas-y. Pas un mot de plus. Soudain Jean-Marie, le géant, l'intellectuel, m'a paru petit, minable, cow-boy du dimanche, en réalité représentant de commerce en machines à souder.

Ma grand-mère l'avait toujours détesté, elle n'aimait pas les hommes qui buvaient, elle n'aimait pas les hommes qui la ramenaient et qui couraient les femmes, encore moins ceux qui n'avaient pas formé de famille comme Jean-Marie.

Elle n'aimait pas les hommes, elle disait *Le meilleur vaut rien*, elle ne prenait même pas la peine d'utiliser la négation.

Elle tenait là la possibilité de l'enfoncer dans sa médiocrité et elle ne se priva pas. Dans son dos, alors qu'il remontait la pente du jardin, en se déhanchant sur ses santiags, elle dit à qui voulait l'entendre Regarde-moi ce grand con. Ma grand-mère était féroce avec ceux qui se croyaient forts. Elle aurait détesté Casanova, l'incarnation du branleur : pas travailleur, beau parleur, escroc, jouisseur. En bonne chrétienne, elle aimait ceux qui souffrent, ceux qui sont faibles et au moins ceux qui sont humbles. Elle protégeait les femmes. Elle adorait ma mère, femme fragile – fragilisée par son enfance, pour toujours –, et je le sais maintenant, trompée à répétition.

Ils sont revenus tous les trois, les deux hommes encadrant ma mère, humbles et victorieux, ma mère souriant faiblement dans sa robe rouge, comme le drap de serge du matador. En réalité, les taureaux ne distinguent pas les couleurs, la couleur rouge masque les traces de sang sur le tissu, les taureaux chargent ce qui bouge.

Ma grand-mère s'est levée pour essuyer avec une serviette de table les traînées de maquillage sur les joues de ma mère et le rouge à lèvres qui avait débordé. Mon père a ouvert le champagne, il a levé son verre au ciel, a dit Merci, ma grand-mère a refusé la flûte remplie à moitié que mon père lui a proposée, mon père me l'a tendue en disant Allez, ma chérie, tu as quatorze ans. Jean-Marie a serré ma mère contre lui, il lui a murmuré quelques mots à l'oreille, ma mère a éclaté de rire sous le regard réprobateur de ma grand-mère.

Mon père est rentré dans la maison avec ses cadeaux, il est revenu avec mon poste laser portatif et il a mis un CD best of de Dalida, il n'aimait pas tellement Dalida mais c'était pour faire plaisir à ma mère qui s'est mise à tourner sur elle-même sur *Le Temps des fleurs*, les femmes l'ont rejointe et elles ont dansé dans l'herbe avec leurs talons qui s'enfonçaient un peu. Mon père et Jean-Marie qui se tenaient à distance l'un de l'autre ont échangé un regard de soulagement, ma grand-mère m'a dit Ne bois pas, je me suis éloignée sous les arbres et j'ai bu ma flûte d'un trait.

Je me souviens très bien avoir regardé tous ces adultes dégoûtée par leurs mensonges, leurs désaveux, leur insupportable légèreté.

Je suis allée dans la maison et j'ai cherché le coffret de Casanova. Les cadeaux étaient dans la chambre de mes parents, posés sur leur lit. Pas le coffret. Je l'ai cherché dans l'armoire de mon père, dans le tiroir où derrière ses chaussettes il cachait des objets dans un sac. J'avais ouvert une fois le sac, j'avais aperçu des menottes et je l'avais refermé aussitôt.

J'étais montée sur le fauteuil de son bureau pour regarder sur l'étagère la plus haute où il rangeait les cassettes VHS de films porno enregistrées la nuit sur Canal+ et des livres comme *Histoire d'O, Les Onze Mille Verges* d'Apollinaire, *Le Con d'Irène* d'Aragon, et quelques Sade cornés au tiers.

Un mercredi après-midi, on avait choisi ma sœur et moi une cassette où il était écrit sur l'étiquette blanche de la tranche *Gifle ardente*. Je ne voyais pas en quoi une gifle pouvait être ardente mais je comprenais que l'association de ces deux mots avait une signification secrète. Au bout de trois minutes inoffensives où une blonde angélique court-vêtue marche en plein soleil sur la ligne jaune d'une route goudronnée – ce qui place l'action en dehors de la France – deux garçons en jean dans une voiture américaine s'arrêtent pour demander leur chemin, elle répond qu'elle n'a pas de chemin, qu'elle se laisse porter par le vent, elle voudrait faire une sieste dans l'herbe mais elle a horreur de dormir seule, elle s'éloigne en bâillant dans un champ de coquelicots, tout en retirant le haut, les deux garçons la suivent, et ma petite sœur pleure et moi j'éteins, la peur au ventre d'avoir vu quelque chose de monstrueux qui ne s'effacera jamais, d'avoir à jamais vicié mon cerveau de cette vision qui reviendrait toujours. Ce jour-là, un jour de mars de mes douze ans, où nous avions tiré les rideaux sur le soleil d'hiver, alors qu'un vent du nord sifflait tout autour de la maison, je me suis promis que je ne coucherais jamais avec un garçon.

C'est ma mère qui écrivait les titres sur les étiquettes, elle n'était ni instigatrice ni complice, elle suivait le désir de mon père qui prenait tout l'espace dans la maison. Le soir, alors qu'elle regardait un film avec moi, mon père lui disait, d'une voix douce, Tu viens ? Et elle y allait.

Une fois alors qu'on regardait *Indochine,* elle avait dit C'est dommage, j'aimerais bien le revoir, je lui avais dit Reste, papa peut se coucher seul, elle m'avait répondu Je fais mon devoir, ma chérie, c'est pour vous aussi, pour l'équilibre de la famille. L'équilibre de la famille reposait donc sur le désir du père, le monde s'ordonnait selon le désir des hommes, qui se nourrissait d'images obscènes. Eh bien, je me tiendrais en dehors du monde. J'avais rangé la cassette, les mains tremblantes, à côté de celle intitulée *Emmanuelle.*

Je ne voulais pas savoir ce qui arrivait à Emmanuelle, c'était le prénom de mon institutrice de maternelle. La nuit j'avais rêvé qu'on m'obligeait à avancer dans un champ de mines et que les mines étaient des phallus dressés dans les fleurs.

Depuis *Gifle ardente* j'avais embrassé un garçon sous le préau du collège, puis un deuxième sur les marches du gymnase. J'avais été terriblement déçue, je ne comprenais pas le cinéma des adultes autour du baiser. Et pendant les baisers, j'avais tenu mon corps à distance du corps des garçons pour ne pas sentir leurs sexes qui se dressaient comme des boas dans leurs pantalons. J'avais embrassé, deux fois, sous tous les regards pendant la récréation, c'était fait comme on fait ses devoirs, je ne recommencerais pas de sitôt. Les garçons étaient sortis de mon paysage mental, ils n'étaient ni dans mes pensées, ni dans mes rêves ; quand les filles en parlaient, je regagnais mes contreforts intérieurs, tout devenait flou autour de moi, les visages et les mots, je refusais les propositions qui arrivaient parfois, toujours amenées par des filles, les garçons ne faisaient jamais leurs demandes eux-mêmes. Plus tard ils comprendraient la plus grande efficacité d'une demande frontale.

Enfant, j'accompagnais mon père dans ses activités d'agriculteur par élan naturel, adolescente, je continuais de le suivre. Ma mère disait Elle n'aime que son père, ça n'était plus vrai à l'adolescence, je le détestais de la dominer, de se comporter en macho, d'être absent pour ces réunions municipales, agricoles, sa préparation du marathon, les travaux nocturnes dans les champs. Maintenant que je sais, je comprends que je le suivais pour le surveiller.

Alors c'est sans doute pour la même raison que j'ai voulu connaître ce personnage, mort depuis plus de deux siècles, qui, lorsqu'on prononce son nom, fait sourire ou suscite l'admiration – jamais le rejet – dont le nom qu'on connaît tous, même ma grand-mère, est entré dans le langage commun – *Un Casanova* : un homme qui multiplie les conquêtes féminines. Si la femme est une conquête, je me promettais d'être difficile à prendre, j'étais déjà moins sûre de ne pas coucher avec un garçon, non pas parce que j'en avais envie mais parce que je comprenais que je devrais en passer par là par amour ou pour faire une famille.

Je voulais lire le livre qui avait le pouvoir de faire pleurer ma mère. Depuis que je savais lire, je connaissais le pouvoir des livres, ils me transportaient, m'ouvraient des mondes inconnus, m'aidaient à comprendre l'étrange comportement de l'espèce humaine; mes mauvaises pensées n'étaient pas isolées. Je voulais le lire et le brûler et dire à ma mère Je l'ai lu, je sais tout de ce Casanova, je vais te raconter son histoire et elle t'appartiendra. Je voulais que ma mère prenne le pouvoir, voilà mon projet.

Le coffret était posé au-dessus des cassettes et des livres, encore emballé dans un film plastifié. Je brûlais de l'arracher, je voulais immédiatement percer le cœur monstrueux de Casanova. Était-il aussi écœurant que ce Sade sur lequel il reposait à deux endroits, *Histoire de Juliette* et *La Philosophie dans le boudoir*? Quelques mois après le fiasco de *Gifle ardente*, j'étais revenue tourner en solitaire autour de la bibliothèque de mon père. J'ai emporté *La Philosophie dans le boudoir* dans ma chambre, j'ai sauté la préface, et j'ai lu la manipulation d'Eugénie par ces deux cyniques, Mme de Saint-Ange et Dolmancé, les tableaux pornographiques me dégoûtaient, j'aurais aimé que les hommes n'existent pas, que Mme de Saint-Ange reste seule avec Eugénie, dans le rôle de la maîtresse et de l'élève, mais je continuais, incapable de m'arrêter, emportée par la curiosité, je dépassai la page quarante cornée par mon père. Sade est beaucoup plus dangereux que n'importe quel film porno car il fait découvrir la débauche par le versant littéraire et intellectuel, il évangélise par les mots ; il annonce son projet dès le prologue. Je tenais un carnet de citations où je notais toutes les phrases marquantes des livres que je lisais, j'avais recopié :

> Fouts, Eugénie, fouts donc, mon cher ange ; ton corps est à toi, à toi seule ; il n'y a que toi seule au monde qui aies le droit d'en jouir et d'en faire jouir qui bon te semble.

Sade est redoutable car il plaide une liberté absolue des hommes et des femmes, il n'y a pas de limite, pas de frontière entre l'hétérosexualité et l'homosexualité, la fluidité est au service du plaisir, les femmes semblent aussi libres que les hommes, il n'utilise pas la contrainte pour amener Eugénie au plaisir mais il la transforme en féministe libertaire, il lui fait prendre en main son destin, par le corps et par la raison, il en fait une héroïne, une théoricienne de la soumission des femmes dans l'acte sexuel, comme il justifie l'immoralité – vol, viol, inceste – par des principes moraux. À l'époque, je ne voyais pas le danger, c'est lassée par la répétition des scènes pornographiques que j'ai reposé le livre sur l'étagère, je n'ai pas voulu connaître l'histoire de Juliette. J'ai relu Sade, bien plus tard, dans les lectures préparatoires de ma thèse sur Casanova, et j'ai éprouvé la même lassitude de l'outrance sexuelle décrite par le menu avec un cynisme à la longue contre-productif. Le cynisme rompt le charme. Casanova n'a pas beaucoup de principes moraux non plus, il couche avec de jeunes femmes, il fait l'apologie de l'inceste avec sa probable fille, Léonilde, inceste consenti par celle-ci dit-il. Là il m'écœure, là j'ai honte de lui consacrer du temps, là je veux le laisser à ce qu'il est, poussière en terre froide de Tchéquie.

Mais avant les conclusions, il y a la genèse.

J'ai quatorze ans, je suis debout sur le fauteuil du bureau de mon père, je tiens dans mes mains les trois volumes d'*Histoire de ma vie* de Casanova, qui a fait pleurer ma mère mais je veux que ma découverte se fasse à l'abri des regards. Alors j'attends, je retourne sur le gazon, je regarde les enfants jouer dans la piscine, les adultes rire bêtement, étourdis par l'alcool et le soleil, ma grand-mère qui de son seul œil valide, d'un bleu perçant, surveille mon père avec une moue désapprobatrice, j'ai la tête qui tourne avec le champagne, c'est la première fois que je bois, je m'approche de la piscine, je me tiens au bord, la réverbération du soleil à la surface m'aveugle, je veux plonger pour que ma tête ne tourne plus mais je suis habillée. Et je suis dans l'eau soutenue par mon père et par Jean-Marie. Je ne me souviens de rien. On me dit Tu as perdu connaissance, tu es tombée dans l'eau, on parle de malaise vagal, ma grand-mère dit Elle a bu du champagne, je lui avais dit de ne pas boire, elle n'écoute rien, je suis assise sur un transat dans mes vêtements mouillés, ma mère pose une serviette sur mes épaules et s'éloigne en riant avec Jean-Marie, ma petite sœur m'apporte un verre d'eau et reste près de moi, elle me demande souvent si ça va, je hoche chaque fois la tête, avec la sensation qu'un ressort s'est brisé en moi.

Je pense à mon professeur d'arts plastiques, Andrea Visconti, arrivé au collège en septembre, il nous a dit qu'il venait du sud, sans préciser la ville, un garçon lui a demandé s'il était italien, il a dit Oui par mon père, il a dit aussi qu'il était en fauteuil roulant parce qu'il avait sauté d'un rocher adolescent à un endroit où il n'y avait pas de fond, par défi, qu'il y a des défis qui sont des pièges, il a dit enfin qu'il était content d'être là, avec nous, dans cette région qu'il ne connaissait pas.

Il a trente ans. Son grand visage, entouré d'une barbe et de longs cheveux roux, est si beau, et il est si intelligent. Il a une voix très douce comme s'il prenait soin des mots, qui fait de chaque phrase une histoire.

Il est si différent *des gens d'ici,* je ressens un mélange de peur et d'espoir quand je pense à lui, comme si j'avais commis une faute avec l'espoir de l'effacer, je préfère penser que j'ai peur pour lui, qu'il lui arrive encore quelque chose et je vais le protéger.

Cette chute dans la piscine est ma première faiblesse, annonciatrice de la dépression qui va durer une année. Elle est aussi peut-être la reproduction de sa chute à lui, Andrea Visconti.

Au café, je continue d'écrire l'article : « Casanova ne cherche pas à choquer, il n'est jamais pornographique, il exagère parfois, il fait le récit de ses aventures pour en susciter d'autres, l'aventure appelle l'aventure, il écrit pour doubler la vie. »

Mon père traverse la rue, les épaules basses dans la veste en jean que je lui ai offerte à son dernier anniversaire, ses beaux yeux verts battus par les nuits de cauchemar. Je pense à son chemin, à ce que j'en connais, à ce qu'il a construit, la ferme de ses parents qu'il a développée, au lycée agricole où il se sentait isolé parce qu'il était trop efféminé, où il a découvert les livres en s'occupant de la bibliothèque, à sa jeunesse en ville où il logeait au Foyer de jeunes travailleurs, à son premier métier de géomètre à tracer des lignes sur du papier millimétré, les manches de sa chemise relevées jusqu'aux coudes dans un bureau enfumé où il n'y avait que des hommes qui fumaient cigarette sur cigarette, qui déjeunaient dans des bistrots le midi – entrée, plat, dessert, pichet de rouge – où il portait la moustache et roulait en 204, où à travers la fenêtre de son bureau il voyait ma mère passer chaque jour pour rejoindre le salon de coiffure où elle faisait son apprentissage, toujours seule, *D'une beauté à couper le souffle*, avec des robes, des bijoux, des talons, du rouge. Un jour il ne la vit plus, il eut peur, il ne savait rien d'elle et quand elle revint après une semaine d'absence, c'est là qu'il avait traversé la rue pour lui dire Vous êtes la femme de ma vie, elle lui répondit Vous ressemblez à Alain Delon, ils se marièrent et je suis née deux ans après, ma mère m'appela Jeanne comme sa mère, elle fit une dépression car elle ne voulait pas d'enfant, encore moins une fille. Ils s'installèrent dans la ville d'enfance de mon père, Mougeot, trois mille habitants au bord de la Saône, mon père reprit la ferme de son père dont le cœur s'effritait, ils firent construire une maison à côté de la ferme, ils empruntèrent à dix-huit pour cent, ma mère reprit un salon de coiffure au centre-ville, avec de l'argent prêté par mes grands-parents paternels, elle ne se sentait pas capable, elle ne se sentait capable de rien, mon père et ses parents l'encouragèrent. Mon grand-père, Jean, mourut juste avant la retraite. Pour surmonter son deuil ma grand-mère s'occupa de moi, le salon de coiffure marcha très bien, ma mère embaucha, elle avait deux « ouvrières » comme elle disait, et deux apprenties, elles portaient des combinaisons moulantes de couleur saumon, il y avait des fauteuils en skaï marron, des cendriers sur pied pour les clientes, de gros casques en plastique orange pour les permanentes, toujours de la musique, des chansons enregistrées à la radio par ma mère sur des cassettes par genre ou par artiste qu'elle adorait – Dalida, Mike Brant, Joe Dassin. Je la revois courir de la cuisine au salon à la fin des chansons pour appuyer sur les longues touches de la chaîne hi-fi, un tablier sur sa robe, en talons. Ma mère n'avait ni chaussons ni jogging pour prendre son petit déjeuner, elle portait un peignoir en soie avec de grands oiseaux exotiques sur son ensemble de pyjama – chemise et pantalon – et elle sortait de la salle de bains maquillée, coiffée, habillée, parfumée. Elle habitait la maison comme une reine, si grande sur ses talons, si belle, perdue dans ses pensées. Ma mère faisait la cuisine, elle enregistrait ses cassettes, elle chantait et elle dansait seule dans le salon sur des chansons mélancoliques, elle pleurait parfois en parlant de sa mère, morte brutalement quand elle avait dix-huit ans, elle avait peur d'aller dans les bals, chez des amis, la peur se logeait dans le ventre, elle disait J'ai ma barre, elle prenait des anxiolytiques pour se détendre et elle était la plus joyeuse de la soirée.

Elle était là chaque jour mais sa présence était évanescente, elle pouvait disparaître à tout moment. Ma sœur est arrivée cinq ans après, il n'y a pas eu d'héritier mâle pour reprendre la ferme. Ma mère dit souvent Tu as été mon petit garçon. J'ai été un garçon de ma naissance à mes onze ans, pas manqué, un vrai garçon, je me vivais en garçon. Je me suis toujours pliée aux désirs de mes parents. Et ils étaient vastes, ils remplissaient la maison. Il y a ce que je sais aujourd'hui de la vie d'homme de mon père à travers le récit de ma mère, il y a ce que je ne sais pas, ses tromperies à elle *par impulsions*, il y a peut-être leurs aventures récitées comme des comptines dans ma petite enfance imprégnées dans ma mémoire, il y a ce que j'ai vu, que j'avais oublié et qui m'est revenu par le récit de ma mère : un baiser sur les lèvres de Jacqueline B. dans la forêt, son déménagement précipité, avec mari et enfants, quelques mois plus tard. Il y a ce que mon père dit maintenant à la femme adulte.

Mon père sans désir est sans vie.

Je regarde les visages sur la terrasse, je cherche une femme pour mon père. Il n'y a que des jeunes derrière leurs ordinateurs ou des vieux beaux qui les regardent. Mon père n'aime pas les jeunes femmes, il dit J'aurais l'impression d'être avec ma fille. C'est un soulagement. Il s'assied face à moi, dos à la rue, je referme mon ordinateur, il croise les mains et scrute le plateau de la table, les yeux tristes, je lui commande un café.

— Je suis malheureux.

Je le regarde en souriant, je ne trouve pas de réponse.

— Je ne peux pas vivre sans elle.

Je pense : Il fallait y réfléchir avant.

— Il faut que tu lui laisses un peu de temps.

— Pourquoi ?

— Elle a appris que tu la trompais, c'est un choc.

— Je suis comme ça, depuis toujours. J'ai besoin d'aventures. Ta mère me pardonnait.

— Elle a juste tenté de se suicider.

— Elle a toujours été fragile ta mère.

— Raison de plus pour l'épargner.

— Elle connaissait ma nature, elle me pardonnait, jusqu'à Sylvie.

— C'était son amie de jeunesse, sa confidente. C'est une double trahison.

— Elle a d'abord compris, elle m'a dit Tu es amoureux, vis ton histoire. Et puis...

— Elle te voyait partir tous les soirs chez Sylvie, avec ta chemise et ton parfum, elle voyait Sylvie rayonnante au salon, mets-toi un peu à sa place. Les gens comme toi ne se mettent jamais à la place de l'autre.

— Les gens comme moi ?

— Ceux qui ne fonctionnent que pour le plaisir.

— Casanova ne se met pas à la place de l'autre ?

— Jamais, il est dans son plaisir, dans la légèreté, dans le jeu, peu importe les conséquences. Il n'est pas dépourvu de morale mais la morale lui appartient, il la transforme à sa guise. Il couche avec sa fille par amusement, il sait qu'il transgresse, elle tombe même enceinte mais c'est sans aucune culpabilité, au contraire, il s'enorgueillit d'avoir vécu quelque chose d'incroyable.

— Tu consacres ta vie à un homme que tu n'aimes pas ?

J'ai éclaté d'un grand rire qui a fait se retourner un homme. Mon père me regardait en souriant, content de lui, soudain repris par la vie.

— Aucune femme ne s'est suicidée pour Casanova. Il ne fait pas de promesse, il pose les règles dès le départ. Le jeu, la liberté, le récit de ses aventures. Il n'a pas la perversité de Sade. Il n'est pas cynique, destructeur, mortifère comme Don Juan. Ses Mémoires ne sont pas pornographiques, à peine érotiques, il s'amuse de la nouveauté avec une fraîcheur presque intacte. Il accorde une grande place au hasard. Et quand il est vieux et sans argent, il écrit avec une précision incroyable, c'est comme s'il n'avait rien oublié, du son du clocher d'une église vénitienne à la couleur d'un bas, c'est comme s'il vivait une seconde fois en écrivant. Il a peut-être une mémoire extraordinaire mais il transforme aussi la réalité comme il l'a toujours fait, il la met au service du romanesque. Je suis fascinée par sa capacité à être dans la vie, dans le mouvement, à ne rien manquer, à ne pas se limiter.

— Tu me comprends alors ?

— Tu es mon père. Casanova ne s'est jamais marié, il a failli plusieurs fois, mais c'est comme si le hasard l'en avait toujours empêché, il a eu des enfants par accident mais n'en a jamais voulu, il ne voulait pas des responsabilités qui accompagnent un mariage, la paternité, il n'a jamais permis aucun attachement durable, il a toujours préféré sa liberté.

— Mais il est bien tombé amoureux.

— Il tombait très souvent amoureux, il n'était pas un séducteur professionnel qui méprise l'objet de sa séduction, qui compte en nombre, qui fait collection, il séduisait autant qu'il était séduit. Il aimait les femmes, il cherchait autant son bonheur que le leur. Il ne s'attachait qu'à des femmes libres, c'était le rapport égalitaire, le fait qu'elles puissent lui échapper qui le rendait amoureux. À certaines exceptions quand même…

— Comme moi. J'aime profondément les femmes, leur corps, leur intelligence.

— Mais tu n'étais pas seul, il y avait maman que tu as quittée pour Sylvie, il y avait tes filles.

— Tu trouves que je n'ai pas été un bon père ?

— Si, tu es un bon père.

— J'ai fait ce que j'ai pu.

Mon père se tait, il plonge en lui-même comme dans une eau profonde. Est-ce qu'il déroule le fil de sa vie ? Est-ce qu'on peut remonter dans sa mémoire en tenant un fil ?

C'est l'histoire qu'on invente après qui permet que tout se tienne, c'est le roman qu'on raconte dans les biographies, ce sont les fragments qu'on assemble. Casanova écrit sa vie comme un roman, avec des rebondissements, des réussites spectaculaires et des échecs cuisants, il ne passe pas sous silence ses fautes et ses faiblesses, il se moque de lui-même, il n'y a pas un fragment qu'il oublie, ils tiennent plus ou moins bien mais il avance avec son attelage en mille morceaux, tumultueux et rutilant, il nous emporte dans cette odyssée autant livrée à la volonté qu'au hasard, et il l'appelle *Histoire de ma vie* ; par le récit, il donne du sens à l'ensemble. De la somme de ses tâtonnements, il fait une histoire. Par le récit, il ordonne, il tresse sa corde, comme un immense serpent, c'est une politesse au lecteur autant qu'un retour sur soi. Mais comme les écailles du serpent, les fragments restent visibles à la surface, ils témoignent de la complexité de l'ensemble ; quand on s'approche, on perd l'ensemble, on est dans le motif qui n'existe que pour lui-même, on est dans l'une des milliers de petites histoires de la grande histoire. Plus que le récit, plus que la vérité qu'il arrange parfois à sa guise, c'est la liberté qui tient le tout, qui rend crédible cette juxtaposition interrompue d'aventures éparses et fragmentées.

Je regarde le visage de mon père, encore beau, porteur de son histoire, du temps qui a été et qui ne sera plus.

Après ce dimanche de septembre 1998, la vie de mes parents a repris en apparence comme avant. Jean-Marie venait toujours régulièrement à la maison, en semaine il allait directement à la ferme où il trouvait mon père en combinaison de travail, à l'écurie, dans son atelier, sous le hangar des machines agricoles, le dimanche il arrivait un peu avant l'heure du déjeuner, il entrait par la porte de la cuisine, saluait ma mère, et descendait au sous-sol comme chez lui, où mon père avait un autre atelier avec un calendrier de femmes nues et une porte qui donnait sur la cave, ils buvaient leur petit blanc en chuchotant, et Jean-Marie repartait dans sa Méhari par tous les temps, avec son chapeau de cow-boy dans le dos, retenu par un cordon rose, et ses santiags. Je ne l'admirais plus, je me cachais quand il arrivait alors qu'avant je descendais pour parler avec lui de mes lectures. Il était le complice de la mauvaise conduite de mon père, que je n'identifiais pas encore, mais je savais que cela tournait autour des femmes.

Enfant j'étais l'ombre de mon père, je suivais ses mouvements, je suivais son regard. J'écoutais sa voix qui devenait douce, il avait deux voix, mon père, une voix pour nous, une voix pour les femmes. J'étais son garçon, je voulais lui ressembler, je copiais ses mouvements, sa virilité, son regard et sa voix pour les femmes. Adolescente, je surveillais mon père, je rêvais d'employer un détective pour le suivre. Casanova, je l'ai oublié pendant un an. Je voulais que ma mère l'oublie, que mon père l'oublie.

Mon malaise dans la piscine était peut-être aussi une manière de détourner l'attention, de déplacer le spectacle, d'évacuer Casanova de la scène familiale, de placer dans l'ombre mes parents qui prenaient tout l'espace et qui me faisaient honte, ou bien d'attirer les regards sur moi, sur ma chute inaugurale, sur mon corps que je n'osais découvrir de peur de révéler ma laideur, et que j'allais affamer et scarifier, sur mon regard, mon désir bizarre et sa honte – voir et balayer le sol, regarder et ne pas être vue, baisser les yeux pour qu'on ne lise pas en moi ; que mes parents me regardent enfin. Bien que ça n'eût rien changé. La fascination dépasse la raison et elle m'a aspirée une année entière. Je ne vivais plus que pour ce professeur. Andrea Visconti, italien comme Casanova. Les regards ont fini par se tourner vers moi, vers cette torpeur qui m'a emportée vers le fond.

Après son départ à la fin de l'année scolaire – sans doute muté à cause de moi, je n'ai jamais su – j'ai vu mon père embrasser Jacqueline B. dans la forêt, en tenue de jogging.

Ils préparaient le marathon de Paris. Un baiser furtif avant que le mari de Jacqueline, moins rapide avec ses jambes courtes, ne les rejoigne. J'ai gardé ce baiser en moi, comme une balle qui reste dans la peau, qu'on ne peut désolidariser du corps, qui la recouvre. Ce baiser surgissait souvent en flash dans ma tête, et me donnait le vertige. Il anéantissait mes espoirs. Ils avaient couru plus vite que le mari pour s'embrasser contre un arbre, un baiser sans préambule et sans mot, qui disait leur complicité. Je détestais déjà mon père avant ce baiser, ce baiser confirmait tout ce que je pressentais, mais ce baiser dépassait mon père, il représentait la cruauté ontologique des hommes, l'égoïsme du plaisir, la trahison, le plaisir du risque de la destruction du lien et de la confiance pour rien, pour une femme avec un grand nez, qui sentait toujours la transpiration. Je ne comprenais pas. J'étais dans l'absolu, je me serais tuée si ce professeur me l'avait demandé.

— Tu me ferais presque de la peine. *J'ai fait ce que j'ai pu.* Tu ne t'es jamais privé de quoi que ce soit. Tu ne partais même pas en vacances avec nous les étés.

— C'étaient les moissons.

— C'était pour baiser un maximum de femmes en parallèle de ton mariage.

— Mais arrête, enfin, Jeanne !

Il regarde autour de lui.

— Quoi ? Tu es gêné maintenant ? Tu ne t'es pas trop gêné toutes ces années. Maman m'a raconté. Pas tout, rassure-toi, j'ai l'impression que la liste est longue ! Pas pour t'enfoncer, elle continue de t'aimer, de protéger le mâle, d'excuser sa nature de chasseur, mais pour que je comprenne. Mais je ne comprends pas ! Et tu voudrais en plus que je te plaigne. Oh, mon pauvre papa, comme elle a été difficile ta vie de queutard. J'ai failli me faire piéger avec ton air malheureux !

— Je ne te demande pas de me plaindre.

— Si, ça fait deux jours que tu es sur mon canapé à te morfondre parce que tu t'es fait plaquer par Sylvie que tu as trompée autant que tu as pu. Car à mon avis ça n'est pas la seule Florence. *J'ai fait ce que j'ai pu.* Laisse-moi rire.

J'ai parlé fort, j'ai éclaté d'un grand rire, l'homme avec son T-shirt où il est écrit connement *America* s'est retourné, s'il se retourne encore, je l'engueule.

— Il faut que tu assumes ta connerie. Sylvie n'est pas maman, elle ne te pardonne pas et elle a raison. Et toi tu fais moins le malin. Parce que t'aimes bien rentrer à la niche midi et soir, te mettre les pieds sous la table, avec entrée, plat, dessert, faire une petite sieste le midi et regarder les infos le soir pendant que Sylvie fait la vaisselle, et te coucher dans un lit aux draps bien repassés, car Sylvie repasse ses draps pour que tout soit parfait, parce qu'elle est heureuse avec toi, parce qu'elle veut te faire plaisir, et toi tu ne penses qu'à baiser ailleurs. Des femmes même pas belles en plus, moins belles que maman, moins belles que Sylvie, juste pour le petit frisson de fourrer une nouvelle chatte et de risquer de tout foutre en l'air. Eh bien voilà, tu y es!

— Mais ça ne va pas!

— Si, ça va très bien, je suis très lucide sur l'homme qu'est mon père.

Je regarde Samuel s'approcher à deux à l'heure.

— Ah tu tombes bien, Sam, tu prends le relais, moi c'est bon, j'ai donné pour ce matin! Tu as pris les tablettes pour le lave-vaisselle?

— Ah non, j'ai oublié.

— Je t'ai demandé une chose !

— Non, tu m'as fait toute une liste. J'ai pris tout le reste.

— Le lave-vaisselle est plein. Comment on fait ?

— Je ne peux pas penser à tout.

— Ça je sais mais tu peux penser au moins aux tablettes pour le lave-vaisselle ! Une chose pour le fonctionnement de la maison, qui permet de faire tourner la machine, de la vider, de la remplir de la vaisselle sale qui dégueule dans l'évier. Entre *J'ai fait ce que j'ai pu* et *Je ne peux pas penser à tout,* vous mettez la barre haut, les mecs. Et vous, vous avez que ça à foutre à vous retourner avec votre T-shirt ? Allez vivre en Amérique, vous n'aurez pas le temps d'aller glander en terrasse un mardi à 11 heures du matin, d'ailleurs il n'y a pas de terrasse en Amérique car il n'y a pas de branleurs !

Je m'éloigne sans me retourner, soulagée par ma colère – coupable bientôt – en direction de Franprix, puis je fonce chez moi pour avoir un instant de tranquillité, je mets en route le lave-vaisselle après avoir déplacé, en maudissant mon père et mon mari, la queue d'une casserole qui touchait l'hélice, j'ouvre mon ordinateur sur la table de la salle à manger et reprends mon article sur le roi des branleurs.

Les femmes se foutent de la beauté des hommes, elles aiment une présence, un charisme, un regard, la douceur et la force. Alors que *Casanova était-il un branleur ?* est une question beaucoup plus intéressante, presque philosophique, universelle.

Chaque femme se pose la question à un moment ou à un autre de sa vie conjugale. Mon mari ne fait jamais les lessives, il met ses affaires sales dans le panier à linge parce que je lui ai demandé de ne pas les laisser par terre dans la chambre ou dans la salle de bains, il ne fait jamais le lit, il ne descend les poubelles que si je le lui demande, il ne lui viendrait pas à l'idée de faire le ménage, il ne sait même pas où est l'aspirateur, il oublie même d'acheter les tablettes pour le lave-vaisselle quand je lui demande alors que l'évier déborde de vaisselle sale, il préfère ne pas utiliser une lampe avec une ampoule grillée plutôt que de changer l'ampoule, il ne s'occupe pas de l'enfant, ou seulement quand je lui demande, il n'entend pas quand il pleure la nuit. Est-ce que le cumul ou sa carence pour certaines tâches fait de mon mari un branleur ? À certaines réponses, on se félicite de pouvoir dire Ça, mon mari le fait, on ajoute *Quand même*, avec fierté, soulagée intérieurement. Pour ma part, je me félicite que mon mari fasse la cuisine, parfois les courses, aime l'ordre et la propreté, donc range régulièrement l'appartement et ses affaires, soit doué pour la décoration, ce qui me rend même admirative ; le reste non, sauf si je lui demande, et encore il y a des oublis comme les tablettes du lave-vaisselle.

C'est le premier niveau des questions, la base, le rapport de l'homme à son environnement immédiat, son lieu de vie. À ce premier niveau, la plupart des hommes échouent mais ils peuvent se rattraper au deuxième niveau, étant précisé que ce ne sont pas des échelons ; ils sont sur le même plan.

Le deuxième niveau, c'est l'amour, la tendresse, la présence, la disponibilité mentale, en bref l'attention qu'il me porte. C'est le rapport de l'homme avec celle qui partage sa vie. Mon mari rentre toujours tard, il regarde la télévision tous les soirs, il ne s'endort jamais avec moi, il se lève tard, j'emmène chaque matin l'enfant à l'école même si c'est mon meilleur moment pour travailler, mais il remarque mes nouvelles tenues, il voit toujours quand quelque chose change dans mon apparence, il me dit parfois que je suis belle, qu'il m'aime, il se colle à moi la nuit comme un enfant à sa mère, il ne me trompe pas, oui j'en suis sûre – je n'aurais pas supporté d'avoir un mari comme mon père. Mon mari est globalement plus branleur que mon père mais plus fiable. Le sexe devrait aussi rentrer dans cette catégorie mais la plupart des femmes laissent le sexe de côté, elles n'en font pas un critère parce que les hommes sont en très grande majorité des branleurs dans le sexe : ils ne connaissent pas le corps des femmes, ils ne savent pas faire jouir les femmes, autrement que par accident ou par la seule stimulation du clitoris, et pas chaque fois car les hommes pensent avant tout à leur plaisir, et les femmes pensent avant tout au plaisir des hommes, c'est un enseignement ancestral des mères. Le sexe – au-delà de sa fonction première d'instrument de procréation, finalement limitée au mieux à quelques fois dans une vie – est vu comme un besoin des hommes qu'il faut satisfaire dans un souci d'apaisement du foyer. Je suis confrontée à un autre cas de figure, beaucoup plus rare, les généralités valent jusqu'à l'exception : mon mari ne me désire plus. À ce deuxième niveau affectif, sexe mis à part, les hommes s'en sortent mieux et de mieux en mieux en vieillissant, et s'ils n'en ont pas été éjectés avant, avec l'âge les hommes se replient sur la cellule familiale.

Le troisième niveau, c'est le rapport de l'homme à la société. Mon mari est ambitieux, il ira loin, il est brillant et reconnu dans son métier, il gagne de l'argent, et je l'aide en prenant en charge les deux premiers niveaux, ou bien il n'est pas ambitieux, il n'a pas réussi économiquement mais il a un don pour l'amitié, un don pour fédérer, il est aimé des autres, il y a différentes variantes de la réussite dans la société. Et pour beaucoup de femmes, c'est en général ce troisième niveau qui leur fait accepter la médiocrité des hommes sur les deux premiers niveaux. Quand j'ai rencontré mon mari, il avait un restaurant et un bar à cocktails à la mode, qui figuraient dans des revues branchées, il avait même eu un portrait dans *Le Monde* pour sa reconversion réussie de la musique à la restauration, après un passage à New York pour apprendre le métier de zéro – il avait travaillé comme serveur dans des restaurants emblématiques, il avait servi Madonna et Robert De Niro chez Minetta Tavern. Avant, il avait été directeur artistique dans la musique, il avait découvert des talents, des rappeurs aujourd'hui très connus, et ignoré un chanteur de variétés mélancolique aujourd'hui très connu et toujours inaudible pour lui. Il avait un esprit critique, il était souvent de mauvaise humeur, je trouvais ça sexy au commencement, il vivait la nuit, il connaissait des gens du show-business, il était toujours entouré d'amis et de femmes, il avait beaucoup vécu avec dix ans de vie d'avance, ça me faisait peur autant que ça me rassurait.

Je vivais à Paris depuis trois ans dans une chambre de bonne sous les toits rue de Douai. J'étudiais à la faculté de lettres de Paris-Diderot, je ne sortais pas beaucoup, parfois avec les trois amies que je m'étais faites à la fac, on allait au Dépanneur à côté de chez moi et on regardait avec curiosité la faune parisienne sans s'y mêler. Je vivais dans le quartier de la nuit, de la fête, perchée dans ma petite chambre dans le ciel, comme les cabanes dans les arbres de mon enfance.

J'avais eu une enfance heureuse, en liberté à la ferme, j'avais été enfant unique jusqu'à mes cinq ans, je vivais entre mes parents et ma grand-mère jusqu'à l'entrée à l'école, sans contact avec d'autres enfants. Mon père était mon modèle absolu, j'ai été son garçon jusqu'à l'entrée au collège où, pour échapper aux moqueries, je m'étais résolue à devenir une fille. J'avais discrètement effacé le garçon, par touches successives, l'attitude, les vêtements, les cheveux que j'avais laissé repousser. C'était mon enfance qui disparaissait, mon lien avec mon père qui s'estompait. J'avais passé mon enfance dans la ferme et la nature, je passerais mon adolescence dans les livres et mes mauvaises pensées, et toute la première partie de ma vie d'adulte dans les livres et le monde universitaire. J'avais choisi un bac littéraire et je m'étais orientée naturellement vers des études de lettres. Une professeure au lycée m'avait encouragée à faire une prépa d'excellence entre les hauts murs percés de fenêtres grillagées d'un lycée du XVe siècle, le directeur nous avait dit Vous êtes l'élite de la nation, vous allez travailler toute votre vie et plus dur que les autres pour honorer votre pays. Je m'étais reculée dans mon siège, je n'aimais pas les groupes et les communautés, je n'avais pas l'esprit de corps. Peut-être parce que je ne savais pas quoi faire de mon corps, parce que je me méfiais des autres corps. Pour moi, les livres étaient un accès intime au monde. Un samedi matin de novembre, après une colle sur Guizot, historien, philosophe, homme politique du XIXe siècle, étourdie par la charge de la professeure sur mon ignorance, je me suis appuyée contre un mur dans la cour carrée du lycée, l'humidité de la pierre m'a pénétrée, j'ai regardé ma main couverte de salpêtre, j'ai regardé les murs sombres qui semblaient se rejoindre dans le ciel comme une masse floue, j'ai pensé que le monde se retirait alors que mes yeux se voilaient de larmes. Alors j'ai fui ce lycée où l'on maintenait en autarcie et dans l'étude des jeunes adultes qui devaient vivre. Au coin de ma rue j'ai ignoré la chouette polie par les mains qui depuis des siècles faisaient des vœux sur leur avenir, je me suis assise à mon bureau, j'ai écrit deux lettres, l'une pour donner congé de mon studio de la rue de la Chouette, l'autre au directeur de la prépa, pour annoncer ma démission, j'avais écrit : « Ce qui m'intéresse, c'est la littérature et non pas l'étude de la littérature. » Personne n'a jamais retourné cette lettre à la professeure de littérature que je suis devenue.

Je suis partie vivre à Paris, d'abord dans un foyer pour jeunes filles de la rue de Vaugirard, puis dans une minuscule chambre de bonne du boulevard des Italiens, puis j'ai trouvé une chambre en colocation dans les petites annonces d'un journal gratuit, proposée par Alicia, Italienne de vingt ans qui avait mis un terme à sa future carrière de championne de tennis pour étudier le théâtre à Paris et coucher avec des garçons. Elle fumait des pétards dès le matin avec son café, répétait ses personnages de théâtre dans le petit salon, se baladait nue, parfois un garçon sortait de sa chambre pour aller prendre des glaçons et de la vodka dans le congélateur. Le sort avait voulu que les fenêtres de son appartement donnent sur un court de tennis, alors il arrivait qu'elle s'accoude au garde-corps et qu'elle me dise Viens on va jouer. C'est avec elle que j'ai commencé à jouer et que je suis devenue une bonne volleyeuse, elle me criait avec son accent italien Sois rapide, monte au filet pour compenser tes lacunes, elle prononçait *lacounes*. C'est avec elle que j'ai fait du théâtre, j'ai découvert Lagarce, Pinter, Novarina, comme un monde à part. Quand je sortais des salles obscures de l'école – parfois j'avais manqué le jour – je ne savais plus qui j'étais. Après on allait boire des verres et on rentrait toujours à pied de la rue de Crimée à la rue de Bellefond, en passant par des quartiers interlopes, bien conscientes du danger qu'on méprisait. Une fois, elle m'a dit J'ai peur de rien parce que j'ai été violée par mon père, elle a ajouté C'est le pire. J'ai embrassé ses yeux qui pleuraient malgré elle, elle répétait *Je ne sais pas pourquoi je pleure alors que je suis heureuse ce soir*. Elle m'avait demandé d'où venait ma confiance, j'avais eu honte de dire qu'au contraire d'elle c'était mon père qui m'avait appris à ne pas avoir peur même si nous vivions dans une ferme avec des outils et des animaux qui pouvaient blesser, en lisière d'une forêt qui pouvait piéger. Alors j'avais dit que parfois je dormais la nuit dans la forêt et que personne ne s'en apercevait, c'était un mensonge, je l'avais dit pour injecter de la folie dans la normalité de mon enfance. Je croyais que mon enfance avait été normale. Elle avait embrassé mon front et on avait avancé silencieusement dans la nuit. Ce soir-là, dans ma chambre, j'avais commencé à écrire un journal intitulé *Je ne sais pas pourquoi je pleure alors que je suis heureuse ce soir.*

J'ai tenu ce journal pendant l'année où j'ai vécu avec elle, ma deuxième année à Paris, jusqu'à ce que j'arrive au bout du cahier à spirales et petits carreaux. Il est allé rejoindre mon premier journal dans la valise à tourne-disque qui contenait aussi des carnets, des lettres et des poèmes de mon adolescence. Enceinte, j'ai passé plusieurs jours à Mougeot pour ranger ma chambre d'enfant, j'ai trié les livres, les jouets, les cahiers d'écolière, les collections de timbres, de pin's, de briquets, les objets des différentes périodes de ma jeunesse, j'ai ouvert la valise, j'ai déplié au hasard une lettre d'Aurélie, une amie du collège : « Je voulais simplement te dire que j'ai été très contente que tu me parles de tu sais quoi... que si tu as besoin de dire quelque chose à quelqu'un je serais toujours là pour t'écouter », j'ai refermé la lettre, la valise et je l'ai emportée à Paris.

Dans la chambre de ma fille, je monte sur une chaise pour atteindre la valise posée sur l'étagère la plus haute. De la poussière reste en suspension dans les rayons du soleil.

Je m'assieds sur le parquet, j'ouvre le cahier d'écolière à la couverture bleue. Je relis tout et tout me revient. Je me souviens que je cachais le cahier sous mon matelas. Un jour, Alicia m'a dit Tu as vingt ans, il faut que tu couches avec un garçon, je lui ai répondu que je voulais être amoureuse, elle a répondu Ce sont des conneries, moi je pensais être amoureuse de ce premier garçon et j'ai arrêté de l'aimer quand j'ai couché avec lui, j'ai répondu Mais toi, tu aimes coucher avec les garçons, elle a dit Oui, j'ai dû coucher avec un garçon, et puis un autre après, et encore un autre que j'ai choisi au hasard dans la rue, pour savoir que j'aimais vraiment coucher avec les garçons, non pas pour eux mais pour mon plaisir, *Toi tu ne sais pas qui tu es.* C'était une belle volée qui m'a giflée.

Un soir, elle a invité un garçon du cours de théâtre, elle a dit Il est beau et il est doux, la douceur c'est important pour la première fois, j'ai fait comme si je ne comprenais pas et quelque temps après je suis sortie avec le serveur d'un café où je travaillais pour payer mes cours, il voulait être pilote d'avion, il portait toujours un blouson d'aviateur, il lisait beaucoup et fumait des Craven comme Saint-Exupéry, il m'avait dit qu'il m'aimait, je n'éprouvais rien pour lui mais je l'avais choisi, j'ai couché avec lui, on a eu une histoire de quelques semaines et je l'ai quitté, je lui ai dit Je m'ennuie avec toi. Alicia a acheté du champagne pour fêter la rupture. On a bu la bouteille au goulot en dansant. J'avais écrit : « Je me sens soulagée de m'être débarrassée de ma virginité et de m'être débarrassée de celui qui m'a débarrassée de ma virginité. » J'avais ajouté dans la marge : « Je n'ai pris aucun plaisir, j'ai trouvé ça violent. » Je racontais aussi par fragments des souvenirs d'enfance et d'adolescence. Il y avait un chapitre, que je ne me souvenais pas d'avoir écrit, intitulé *Le Baiser à Jacqueline B.*, que j'avais souligné de pointillés :

« La vision de ce baiser a été un coup de couteau dans mon cœur, comme si c'était celui de ma mère, je suis devenue ma mère dans ces secondes du baiser à Jacqueline B. et je l'ai vécu comme la trahison d'un mari. Je marchais entre les arbres quand je les ai vus arriver, je me suis accroupie quand ils se sont arrêtés, je me suis allongée dans la mousse et le feuillage qui faisaient comme un tapis sur la terre humide, la fraîcheur de la terre me pénétrait, je voulais me fondre dans la forêt, le mari était arrivé essoufflé, ils ne lui avaient pas laissé un instant de répit, ils avaient repris la course. J'ai pensé me jeter dans l'eau noire de la cave de la maison abandonnée pour emporter avec moi ce secret mais j'avais peur de souffrir des jours entiers avant de mourir. Alors je suis rentrée chez moi en fonçant sur mon vélo pour arriver avant eux, ils avaient l'habitude de boire un verre de blanc après l'entraînement, l'odeur de la transpiration de Jacqueline B. restait imprégnée dans l'atelier de mon père longtemps après son départ, ça me levait toujours le cœur – quand aujourd'hui je suis proche de quelqu'un qui sent la transpiration, je pense à Jacqueline B. –, je suis allée droit au bureau de mon père, je suis montée sur son fauteuil, et j'ai saisi le coffret Casanova. Le film plastique avait été retiré, j'ai sorti le premier volume de sa boîte, le ruban bleu était glissé entre les pages soixante-six et soixante-sept intitulées *Le curé me coupe les cheveux*, les deux autres tomes semblaient n'avoir jamais été ouverts. J'ai emporté le volume un dans ma chambre et j'ai commencé à lire. J'ai lu les trois volumes à la suite. Je m'arrêtais pour me laver, manger, aller en cours, au sport, apprendre mes leçons sur la table de la salle à manger, et je remontais dans ma chambre et je lisais. Il y a des gens qui déclarent avoir lu *À la recherche du temps perdu* en un été, j'ai lu *Histoire de ma vie* de Casanova pendant l'automne et l'hiver 1999, j'avais quinze ans, je dévorais les aventures d'un homme libre, il s'agissait de sa propre vie, écrite au Je, je découvrais que tout était possible, en partant de rien, en se laissant porter par le hasard et sa bonne volonté. Je découvrais que les femmes pouvaient être aussi libres que les hommes. Ce sont les femmes qui ont tout appris à Casanova, y compris la liberté. La liberté est le mot qui résume et permet de comprendre toute la vie de Casanova, je connaissais par cœur la première phrase de sa préface :

> Je commence par déclarer à mon lecteur que dans tout ce que j'ai fait de bon ou de mauvais dans toute ma vie, je suis sûr d'avoir mérité ou démérité, et que par conséquent je dois me croire libre.

La liberté conduirait ma vie, je m'en étais fait le serment à la fin de ma lecture. Je crois que je n'arrive pas à lire Proust parce qu'il décrit l'immobilisme et l'enfermement d'un monde bourgeois auquel je ne m'identifie pas, qui m'ennuie profondément. Comme Casanova, j'avais la sensation de n'appartenir à aucun monde. Casanova est fils de comédiens de théâtre. Je fais du théâtre depuis quelques mois, je comprends cette vie de comédiens. Son père est mort quand il était jeune, sa mère toujours sur les routes s'est peu occupée de lui, il s'est fait seul, il est un électron libre, il a voyagé toute sa vie, il a appris d'autres langues, il n'appartient à aucune classe, aucun lieu... »

L'encre est effacée sur les deux pages suivantes comme si de l'eau avait été renversée. Je réécris la suite dans le livre que je commence à écrire au seuil de mes quarante ans : « Casanova traverse, franchit, il est toujours en mouvement, curieux, ouvert, jamais cynique, jamais blasé, jamais désabusé longtemps, avec dans le cœur une innocence qui n'a toujours pas disparu quand il écrit ses Mémoires à plus de soixante-dix ans, il s'amuse de ses propres aventures en les écrivant, alors même qu'il reconnaît être devenu "bilieux" et mélancolique en vieillissant. Écrire est une seconde jeunesse. Il n'écrit pas une autobiographie, il fictionnalise pour tenir en haleine le lecteur, il fait de l'autofiction avant que le mot n'existe, il ne fait aucun pacte de vérité, il veut emporter le lecteur, le faire rire, quitte à distordre le temps et les faits. Il a toujours reconnu sa liberté vis-à-vis de la vérité. »

Dans les pages que j'écrivais à vingt ans dans ma petite chambre qui donnait sur le court de tennis, je parlais de Casanova comme d'une lecture d'adolescence, d'une expérience et d'un modèle, avec le détachement de celle qui a grandi et qui regarde celle qu'elle était plus jeune. Je ne voulais plus m'identifier à des hommes, me travestir, être un garçon. Alicia était mon nouveau modèle.

Le roi de l'évasion, le roi du travestissement était enfermé dans mon cœur d'adolescente. Comme si j'avais plusieurs cœurs.

À la suite de ma lecture j'avais fait toutes les recherches possibles dans mon encyclopédie, au CDI du collège, je n'empruntais pas les livres, je les lisais dans l'espace lecture, je ne parlais à personne de Casanova, il était mon lien secret avec le monde. Ça n'avait rien à voir avec la fascination douloureuse pour ce professeur qui m'avait entraînée dans la dépression, Casanova était un modèle positif, comme MacGyver ou Rocky avant lui, je pouvais développer précisément les raisons de mon admiration. L'admiration est intellectuelle et raisonnée quand la fascination est amoureuse et mortifère. Il y a une volonté de se détruire pour se fondre dans l'autre. J'avais fait disparaître le garçon, j'avais survécu à cette fascination parce que le professeur était parti, il m'avait sauvée de moi-même. Désormais je serais une fille comme les autres. Et sous la peau, le secret.

Jacqueline B. avait quitté la ville en milieu d'année avec son mari et ses enfants juste après le marathon. Il s'était passé quelque chose à Paris. Mon père était rentré fier de son exploit mais une ombre recouvrait sa joie. Et puis un dimanche matin, le mari, Martial, car il faut nommer le vaincu, était venu à la maison, en pyjama, et il avait essayé de casser la figure de mon père. Ma mère s'était interposée, elle avait enfermé Martial dans ses bras jusqu'à ce que sa colère retombe, il avait pleuré, elle l'avait consolé.

À partir de là, l'équilibre des forces a été modifié à la maison : mon père ne criait plus, et alors qu'il ne le faisait jamais il m'emmenait à l'équitation le mercredi et il me regardait tourner dans le manège les yeux brillants, il regardait la télévision avec nous le soir pour ne pas être seul dans son lit, ma mère écartait les bras, il se collait contre elle comme un chien battu et il regardait le film qu'on avait choisi ma mère et moi. Et puis un jour, il est redevenu comme avant, pas tout à fait comme avant, car nous, les femmes, nous avions pris l'espace, on ne nous le retirerait pas. Par exemple, je m'étais mise à fumer à la maison, j'avais quinze ans, je fumais des Royale Menthol et je pouvais fumer à table, dans le salon, dans ma chambre. Après le dîner mon père m'en prenait même une et on fumait ensemble, l'été on s'asseyait sur les marches devant la maison, et on regardait le soleil descendre derrière le hangar de la ferme. Ma haine s'était éteinte, je sentais indistinctement qu'il avait payé. Nous avions pris l'espace et il avait senti sa faiblesse.

C'est peut-être ce qu'il reste du chagrin d'amour lorsqu'il a disparu : le souvenir de sa faiblesse, la possibilité de son anéantissement.

Il est pourtant reparti vers de nouvelles aventures, je le sais maintenant. L'hiver, on fumait tous les deux, assis sur les petites chaises, près de la cheminée, on regardait le feu silencieusement.

J'avais écrit dans mon journal sa rencontre avec Alicia. Il était venu à Paris pour nous installer une bibliothèque parce qu'il avait vu sur une photo nos livres posés au sol en colonnes, on lisait beaucoup, le jour, le soir, sur le lit une place du salon qui faisait office de canapé, nos jambes emmêlées sous le plaid en crochet de la grand-mère d'Alicia.

C'était l'été, il faisait très chaud dans l'appartement plein sud, mon père avait monté la bibliothèque torse nu, Alicia avait proposé de l'aider, elle tournait autour de lui, ils ne parlaient pas, ils riaient dans des petits cris, ils ressemblaient à des oiseaux, mon père avec ses cheveux indisciplinés qui se dressaient sur la tête, et il écartait ses bras musclés, brunis par le soleil, comme un paon. Le soir nous avions dîné sur la petite table du salon, le soleil rentrait à l'oblique sur le visage d'Alicia, comme une flamme qui barrait son visage, mon père la regardait ébloui, presque avec dévotion, il n'aimait pas les jeunes femmes mais Alicia était irrésistible. J'avais vu le désir de mon père pour Alicia, un désir aussi sec et vif qu'une allumette qu'on craque. Elle l'a senti. Elle couchait avec tous les hommes qu'elle rencontrait, elle allait coucher avec mon père. Pour se l'approprier, pour fusionner un peu plus avec moi, pour me salir comme elle avait été salie par son père. Elle savait que mon père avait été mon modèle.

La nuit, alors qu'il dormait dans le salon, j'étais restée éveillée et j'avais guetté les bruits jusqu'à entendre le craquement du parquet. J'avais ouvert ma porte et je l'avais vue nue, debout près du canapé, qui regardait mon père endormi. Elle s'était agenouillée, j'avais avancé jusqu'à l'endroit du parquet qui craquait. Elle m'avait regardée, s'était relevée d'un coup, s'était avancée vers moi, je m'étais retournée, elle s'était serrée contre moi. Elle avait embrassé ma nuque, ses mains chaudes juste au-dessus de mon pubis, sous mon nombril. Elle avait murmuré Pardonne-moi. Mon ventre brûlait, je ne savais pas si c'étaient ses mains ou un feu qui s'était allumé à l'intérieur de moi. Ça me faisait presque mal, j'ai posé mes mains sur les siennes, ses doigts se sont écartés pour que j'y glisse mes doigts, plus longs, on avait déjà comparé nos mains en les posant l'une contre l'autre, mes doigts ont brûlé aussi, je sentais son souffle dans ma nuque, j'allais étouffer dans cet incendie, alors j'ai retiré mes mains, j'ai retiré les siennes pour que ça brûle un peu moins. Je sentais son cœur qui battait dans mon dos, je sentais son pubis contre mes fesses, ses poils très noirs comme une forêt, je sentais une humidité qui me révoltait, elle venait me souiller, me corrompre, après avoir voulu coucher avec mon père, après m'avoir presque forcée à coucher avec un garçon, pour faire mon expérience, tout cela ne me plaisait pas, je ne l'avais pas fait pour moi mais pour elle, comme de sortir tard la nuit, comme de boire, je n'aimais pas boire, je pensais toujours à ma mère qui avait perdu sa mère à cause de l'alcool, je m'en voulais, ma mère sentait tout, elle ne disait rien mais elle souffrait sans doute d'imaginer sa fille boire la nuit dans les bars. J'aimais quand on rentrait à pied et qu'on ne parlait pas, quand Alicia se taisait enfin après avoir prononcé tant de mots, fait tant de bruit pour les autres, moi dans son ombre à la regarder dans un mélange d'admiration et de honte, un peu comme je me tenais auprès de ma mère.

Je ne voulais pas être le jouet d'une autre, je ne voulais pas être choisie, je ne voulais pas qu'on choisisse pour moi. J'avais besoin de distance pour regarder, je ne voulais pas qu'on la réduise pour moi. Je voulais garder mes doutes et mes hésitations. J'avais besoin de prendre mon élan. Alicia me disait La vie va passer et tu n'auras rien fait, les autres auront vécu et pas toi, tu ne peux pas passer ton temps à regarder les autres, tu préfères être dans la salle que sur scène, tu ne seras jamais une comédienne, tu ne sais pas qui tu es, elle me mitraillait, les Italiens parlent vite, elle parlait vite en français, elle perdait presque son accent comme pour être plus percutante. Ça n'était pas parce qu'elle perdait son accent qu'elle l'était, c'était au contraire parce que les mots prononcés avec un timbre et une sonorité différente rentraient en moi comme des nouveaux mots jamais entendus, comme des corps étrangers.

Je ne voulais pas aimer et être trahie et elle venait de franchir une ligne interdite. Lorsque j'ai retiré ses mains, elle est restée contre moi, c'était elle qui attendait, elle attendait que je sente le froid sur mon ventre, que je reprenne ses mains mais je sentais encore la brûlure dans mon dos, son sexe humide, la colère est montée en moi : ses mots restaient dans ma tête et modifiaient l'image que j'avais de moi, c'est-à-dire aucune avant de la connaître, elle avait créé des images de moi, comme si elle avait marqué un territoire vierge.

J'étais vierge physiquement et mentalement, ça n'était pas un désert, c'était une terre fertile, non cultivée, pas oubliée, poreuse à tout, à la pluie qui venait quand elle venait, aux semences qui venaient avec le vent, j'étais la terre et j'étais l'herbe sauvage, je n'avais aucune idée, aucun cadre, j'étais libre et j'étais dans la sensation.

Par mes mots dans le journal que j'écrivais, je recouvrais ses mots. C'était sans doute injuste car j'avais commencé à écrire le soir où elle avait embrassé mon front dans la nuit, comme on bénit, alors qu'elle venait de me parler de son père, j'avais volé ses mots pour le titre, elle m'avait emmenée dans ses cours de théâtre, elle m'avait ouvert un monde, et je voulais maintenant qu'elle se taise, qu'elle enlève ses mains de mon corps, qu'elle s'éloigne de moi et de mon père, qu'elle ne force pas mon désir, qu'elle ne croie pas que je lui appartienne. Je ne voulais même plus jouer au tennis. Je perdais ma substance avec tout ce qu'elle attendait de moi. Je sentais la colère, comme un liquide froid. La colère précédait la violence. Je ne voulais pas être violente.

J'ai détaché mon corps du sien et j'ai dit Je ne te pardonnerai jamais. J'ai écouté ses pas sur le parquet, j'ai pensé à ses longues jambes blanches dans la nuit, à son sexe noir, une forêt ou une araignée, j'ai pensé au sexe de mon père à l'intérieur, je suis allée m'allonger sur le tapis du salon près de mon père. Le lendemain, elle n'est pas sortie de sa chambre quand mon père est parti. J'ai entendu sa porte s'ouvrir à midi, j'étais en train d'écrire sur mon cahier dans la cuisine, je l'ai caché sous la table sur mes genoux, elle est allée droit à la salle de bains, elle en est sortie habillée et maquillée, elle est entrée dans la cuisine, son regard m'a traversée comme si j'étais invisible, elle a préparé un café dans sa petite cafetière italienne, je me souviens encore du livre qu'elle tenait à la main, *La ragazza di nome Giulio* de Milena Milani, et de sa couverture, une femme en robe de mariée dans un décor à la Dalí où tout semblait faux.

Au cours de théâtre, elle ne s'est pas assise à côté de moi. Quand le professeur nous a appelées pour jouer notre scène de Lagarce, elle s'est levée et a déclaré qu'elle ne voulait plus jouer cette scène, ni même aucune scène d'aucune pièce de Lagarce, et qu'elle voulait une autre partenaire pour jouer une autre scène d'un autre auteur, qu'elle ne voulait plus jouer avec moi. Tous se sont tournés vers moi comme si j'étais la coupable. C'était une scène de tragédie : après le combat, qui n'avait pas eu lieu, la chute.

La colère m'avait quittée, je regardais Alicia debout, ses fesses dans sa robe d'été qui faisaient se retourner les hommes, ses lèvres rouges, je voulais dire pardon, je voulais m'incliner, je voulais me faire du mal pour avoir aussi une blessure et la lui offrir. J'étais la coupable, j'avais introduit mon père dans notre appartement, il était beau, je connaissais son goût pour les hommes, j'avais provoqué la situation. Elle voulait mon pardon, je l'avais repoussée, je méritais d'être punie ou de disparaître. Je me suis levée et j'ai quitté la salle, la lumière à l'extérieur m'a aveuglée. J'ai marché, sonnée, dans les rues mal famées, j'aurais aimé que quelqu'un me fasse mal mais rien n'arriva. Pas assez de choses arrivaient dans ma vie, elle avait raison, ma vie allait passer sans moi qui avais regardé d'autres vies, qui n'avait pas osé.

Mais oser quoi ? Elle avait encore raison, je ne savais pas qui j'étais. Est-ce qu'on avait un caractère propre, une nature profonde, indépendante des autres. Est-ce qu'on existait par le rapport à l'autre ? Est-ce que c'était l'autre qui nous définissait ? Ma nature profonde, c'était de faire des cabanes dans les arbres et de regarder à travers les feuilles ; c'était de jouer en solitaire dans la décharge publique, et d'inventer des histoires de guerre et d'amour blessé ; c'était de parcourir la campagne avec mon BMX et de m'imaginer un grand destin ; c'était d'écrire en secret, de lire mon encyclopédie *Tout l'Univers*, l'Histoire et les vies des écrivains, de faire des listes de livres à lire, de lire, et de mettre des croix dans la marge de ma liste ; c'était d'être réduite à néant par une fascination amoureuse pour un professeur en fauteuil roulant ; c'était de jouer au handball dans l'équipe des garçons, d'être pivot, d'être la plus rapide, de marquer le plus de buts, et d'entendre les applaudissements assourdis dans le feu de mes pensées. Je ne distinguais pas la pensée de l'action. Elles étaient nouées ensemble comme un poing, elles étaient l'envers et l'endroit de la peau.

4

J'étais dans mon bureau entre les murs de la Sorbonne, pas ceux de l'Ancien Régime que Casanova avait peut-être effleurés et qui avaient été détruits, ceux achevés au tout début du XXe siècle sous la IIIe République dans le projet de faire un grand palais des sciences et des lettres, je n'en avais jamais été l'élève, j'étais un membre du corps enseignant, et soudain je vis des corps déferler dans la pièce, se frôler, s'enlacer, ils n'arrivaient pas par la porte ouverte, ils traversaient les murs, se mêlaient dans une orgie, je me voyais assise devant mon ordinateur, entourée d'individus nus dans des positions obscènes, à fixer mon écran, un mail et sa dernière phrase qui dansait au milieu *Est-ce que vous viendrez accompagnée*? La porte ouverte a claqué violemment comme si quelqu'un l'avait poussée, et les corps affluaient, de plus en plus nombreux. J'ai fermé les yeux pour que ça s'arrête ou qu'on me fasse traverser les murs. Quand j'ai rouvert les yeux, tout avait disparu, j'ai regardé prudemment autour de moi, je me suis levée, je me suis approchée de la fenêtre : des gens, convenablement vêtus, traversaient la cour d'honneur dans des mouvements mesurés. Je ressentis alors une immense fatigue, on avait trop bu hier Samuel, mon père et moi, on avait terminé la mirabelle 1998. Dans sa détresse, mon père avait quand même pensé à apporter une bouteille de mirabelle.

Il était joyeux, je ne voulais pas que ce moment s'arrête, il nous parlait de sa jeunesse, de ce grand moment du concert de Polnareff à l'Olympia en 1972, où il avait chanté les chansons de l'album *Polnarévolution*. Mon père avait dix-neuf ans, il était monté à Paris, en voiture, avec son copain Bernard Campana, c'était sa première fois dans la capitale, il se souvenait des affiches placardées dans les rues de Polnareff travesti, les fesses nues, du scandale, de la danseuse du Crazy Horse qui au début du concert était arrivée de dos déguisée en Polnareff et avait baissé son pantalon pour montrer ses fesses, des musiciens en collants noirs, de Polnareff avec son costume à paillettes ouvert sur son torse. Sur Internet, j'ai trouvé la musique live du concert, mon père n'en revenait pas, il disait Je suis dans ces voix – les cris des spectateurs qu'on entendait – il a demandé la chanson *Love Me, Please, Love Me*, et il a écouté, les yeux embués. Après le concert, ils étaient allés boire des bières dans un bistrot à côté de l'Olympia, une belle Parisienne avec un blouson en cuir et les cheveux courts le regardait, il n'avait pas bougé, puis un garçon était venu parler à la fille, elle l'avait oublié. Il manquait toujours sa chance, il était timide et maladroit avec les filles. Au lycée agricole, les autres fils de paysans se moquaient de lui, il avait un corps filiforme, un visage aux traits fins, il s'habillait avec soin, il était efféminé, il était *la danseuse*. Ce soir-là alors que Bernard conduisait dans la nuit, que l'obscurité les enveloppait, et qu'ils se taisaient, il s'était dit qu'il pouvait être quelqu'un d'autre, comme l'avait fait Polnareff, et à partir de cette nuit-là, de ce concert, il s'était débarrassé de sa timidité, comme on mue, comme on glisse hors d'une peau devenue trop étroite, et il avait commencé à plaire aux filles, sans se départir de sa douceur que les élèves du lycée agricole appelaient *féminité*, il avait quitté le lycée agricole, il ne voulait pas devenir paysan, ça avait été un grand coup porté au cœur de son père, mais il faisait pour la première fois l'usage de sa liberté – il ne savait pas que le prix de la liberté est élevé, l'innocent –, il s'était fait embaucher dans un bureau d'études comme apprenti géomètre. Quand le cœur de son père s'était arrêté douze ans plus tard, il avait été rattrapé par le destin ou le hasard. Il y avait vu une nouvelle liberté après douze années à tracer des lignes dans un bureau. J'étais née l'année où il avait repris la ferme. Mon père ne cesserait jamais d'écouter Polnareff et de faire usage de sa liberté.

Je relus le mail envoyé par Federica Zanna de l'Université Ca'Foscari de Venise, dans un français sans faute, j'avais écouté des interviews d'elle où elle parlait parfaitement français. Jusqu'à maintenant j'avais communiqué en italien avec une assistante et pour la première fois, c'était la professeure elle-même qui m'écrivait – son titre sous son nom : *Professoressa Associata, letteratura francese* –, c'était elle qui était à l'initiative de cette rencontre universitaire associant Casanova et Stendhal. Elle avait écrit une biographie remarquée en Italie, traduite en français, *Stendhal, l'Italien*, j'avais prévu d'introduire la conférence par un trait d'humour : « Si vous essayez de nous voler Stendhal, on vous rend Casanova. » D'emblée, je devais inverser l'ascendant, me montrer spirituelle, me couler dans la peau de Casanova, prendre sa langue et son culot, le mouvement rapide et léger de sa pensée, on m'avait proposé que la conférence se tienne en anglais, j'avais répondu que ça serait un honneur pour moi de parler à Venise dans la langue de Casanova, il avait écrit ses Mémoires en français, je parlerais de lui en italien. Langues amies, croisées, juste retour à Venise de l'aventurier, ne pas laisser mon Casanova se faire écraser par un Stendhal folklorisé par une professeure de littérature en quête d'un succès grand public. Le titre était racoleur et ça fonctionnait, elle avait vendu vingt mille exemplaires de son livre en Italie, et dix mille en France, elle avait eu de nombreuses traductions, son assistante m'avait dit que c'était la seule date possible entre des voyages en Suède et en Angleterre pour son livre.

Moi je voyageais pour Casanova, pas pour le livre que je n'avais pas écrit. L'éditeur qui avait publié ma thèse en avait vendu trois cents exemplaires, probablement à des élèves. Dans le film américain auquel j'avais collaboré, mon nom était un point parmi les centaines de noms qui défilaient dans le générique de fin comme des soldats morts. Mais j'avais reçu un virement, j'avais vérifié deux fois quand il était arrivé, je m'étais déconnectée et reconnectée à mon application bancaire, c'était pourtant avant que je voie des corps voler dans l'espace, mon esprit était encore fiable, je n'avais jamais reçu une telle rémunération pour mon travail. Avec l'argent, j'avais refait à neuf l'appartement. Cet argent avait été utilisé utilement, comme on me l'avait toujours appris ; on ne gaspille pas l'argent, on travaille dur, on ne s'économise pas, on épargne. Je ne crois pas que Samuel m'ait remerciée, ça fait longtemps qu'on ne se dit plus merci. Je donnais des conférences à travers le monde mais je restais dans un cercle universitaire et j'étais payée comme une universitaire. C'était dérisoire par rapport à mon niveau d'études mais je ne me plaignais pas, j'avais suivi mon amour de la littérature et je ne réalisais pas que j'étais mal payée avant d'avoir écrit pour le cinéma. Les scénaristes avaient transformé ou annulé la plupart de mes contributions mais ailleurs que dans le cinéma américain, dans la vraie vie, je restais l'une des spécialistes de Casanova, mon nom figurait sous le sien, en plus petit et en italique mais nous n'étions que deux sur les affiches de mes conférences.

Depuis la naissance de Maya, j'avais refusé de nombreuses conférences mais je ne pouvais pas refuser Venise, la ville qui avait engendré et rejeté Casanova. J'avais peur de la comparaison mais je voulais m'approcher et me mesurer à cette professeure italienne qui me rendait jalouse – j'avais fait toutes les recherches possibles sur Internet, elle avait un esprit fin et percutant, elle avait du succès, elle était séductrice, elle était belle.

Et si fou que cela soit pour une spécialiste de Casanova, ou tout simplement pour une femme à l'aube de la quarantaine, qui avait fait un mariage d'amour, je ne connaissais pas Venise. Aucun homme ne m'avait emmenée à Venise. Je suis de ces femmes qui attendent que les hommes les emmènent. C'était Casanova qui me conduisait à Venise pour la première fois. Je connaissais sa vie mieux que la vie de mon père, je connaissais ses lieux vénitiens que j'avais googlisés : la calle Malipiero où il était né, la calle Nani où il avait perdu sa virginité avec deux sœurs, Nanette et Marton, l'église San Samuele où il avait été baptisé puis où il avait reçu la tonsure et était devenu abbé avant d'être renvoyé pour avoir prononcé un sermon insolent en état d'ivresse, le palais Malipiero où il vécut sous la protection du sénateur Gasparo Malipiero, avant d'en être chassé pour avoir séduit une jeune femme qui refusait les avances du vieux sénateur – conquête et fuite, toujours –, Murano où il fut emmené à huit ans par sa grand-mère, Marzia, chez la sorcière pour le guérir de ses saignements de nez. À Murano, à l'extrême nord de l'île, il y avait le couvent Santa Maria Degli Angli, vivier d'anges, filles de la noblesse vénitienne, couvent aujourd'hui disparu, une église comme vestige. Il faut imaginer Casanova arrivant en gondole de Venise, passant sous le portique avec l'Annonciation en bas-relief, Casanova ne se signe pas, il croit en Dieu mais il croit encore davantage au plaisir, le couvent est un décorum, un théâtre de dupes où les nonnes sortent la nuit en corrompant leurs surveillantes. Casanova a trente ans, il tombe successivement amoureux de la sœur C.C. et de la sœur M.M., qu'il entraîne dans un *casin* luxueux (une garçonnière) de la Fondamenta

Sebastiano Santi où par un œilleton le cardinal de Bernis, ambassadeur de France, futur ministre de Louis XV, observe leurs ébats, lui aussi amant de M.M., le tableau se transforme en plan à trois, Casanova et les deux nonnes du couvent des Anges. La *dolce vita* avant les Plombs, la prison dans les combles du palais des Doges où Casanova fut envoyé, condamné par l'Inquisition d'État pour libertinage, occultisme, athéisme, appartenance maçonnique et espionnage pour fréquenter des ministres étrangers, dont Bernis. On avait averti Casanova de son arrestation imminente, on l'avait encouragé à fuir, il avait répondu : « Je ne me sens coupable de rien », préférant plaider son innocence que fuir son pays. Casanova, insolent et naïf, fut arrêté et enfermé quinze mois.

En prison, il réussit encore à faire usage de sa liberté, à obtenir une robe de chambre doublée de renard, de bons dîners arrosés de vins fins, du café, des livres. Il manque de lumière pour lire les jours d'hiver, il fabrique une lampe à huile en usant d'imagination, il intrigue, sollicite ses appuis pour en sortir, mais il ne doit son évasion qu'à lui-même, la providence d'avoir trouvé un verrou, le génie de l'avoir transformé en pointe acérée, la persévérance – des nuits à la lueur de sa lampe à huile à percer quatre planches de bois avec sa petite lame, desceller une plaque de marbre au vinaigre – et l'intelligence après avoir été découvert de renverser encore le cours des choses à son avantage, et de finir par s'évader par les toits de plomb jugés impraticables, préférant « sa liberté plus que sa vie », écrit-il dans une lettre qu'il laisse à la prison. Déjouant un à un les obstacles, et apothéose de cette évasion, dans un bluff superbe, se trouvant coincé dans les salles officielles, il retire ses vêtements déchirés par l'escalade des toits, enfile des bas, une chemise en dentelle, un chapeau « à point d'Espagne d'or et à plumet blanc » et se fait passer pour un visiteur du soir enfermé par mégarde la veille. Le gardien lui ouvre et il sort à l'aube par l'escalier des Géants, la Scala dei Giganti, et la Porta della Carta, porte royale du palais ducal. Il prend une gondole sur la piazzetta San Marco vers un exil de dix-huit ans.

Il y reviendra à l'aube de la cinquantaine, après des années d'aventure, de coups d'éclat, de chutes fracassantes, il suppliera l'Inquisition de lui permettre le retour dans sa ville, sans triomphe et sans gloire ; homme sur le retour – à double sens – qui devient à contrecœur espion pour Venise, mais qui encore et toujours, à la suite d'un différend financier, préférant sa liberté au compromis, publie un pamphlet contre la noblesse vénitienne et est expulsé pour la seconde fois. Casanova ne verra plus Venise.

Et moi j'allais voir Venise pour la première fois.

Lorsqu'on m'avait demandé où je souhaitais loger, j'avais écrit : « Près de l'université, dans le Dorsoduro. » J'imaginais que c'était mon quartier préféré. J'avais demandé à rester trois jours et deux nuits pour découvrir la ville en solitaire au tout début du mois de juillet.

Je me préparais comme une amoureuse, j'étudiais la ville et son archipel. J'avais acheté des guides que je lisais le soir quand j'avais couché l'enfant, c'était long car elle résistait, elle voulait toujours plus d'histoires. Lorsque j'éteignais et que j'attendais qu'elle s'endorme, que sa respiration devienne régulière, je me transportais à Venise, j'essayais d'imaginer le bruit d'une ville sans voiture. Je regagnais le salon où Samuel regardait le premier film du soir, en fumant à la fenêtre, j'avais envie de fumer, je ne fumais pas pour éviter de contrarier son image de la mère idéale. Il m'en voulait de partir à Venise sans lui, nous avions eu une dispute peu avant l'arrivée de mon père, peu avant que la vie de mon père ne s'écroule sur la nôtre, peu avant qu'il n'y ait plus de place pour moi le soir dans le salon. Une fois que je m'exfiltrais de la chambre de l'enfant à quatre pattes pour ne pas faire craquer le parquet, je les trouvais l'un et l'autre allongés sur une banquette. Pendant que Samuel regardait la télévision jusqu'à une heure du matin, mon père s'endormait sur la banquette qui était devenue son lit, où il passait ses nuits et une grande partie de ses journées. Mon père qui n'avait jamais perdu une seconde pour travailler ou jouir. Arrêté dans sa course.

J'allais de la chambre de l'enfant à ma chambre, en passant par la salle de bains, je ne repassais plus par le salon, pour ne pas avoir comme dernière image de ma vie diurne le tableau du père et du mari vautrés torse nu sur les canapés du salon.

C'était un soir où Maya avait mis du temps à s'endormir, où elle avait crié lorsque j'avais éteint la lumière, où la nuit filtrait à travers les volets dans les jours les plus longs, où j'avais rallumé pour une dernière histoire, où j'avais envie de fumer, où j'avais les nerfs aiguisés par mes règles qui approchaient et qui étaient plus douloureuses depuis que j'avais eu un enfant. Je m'étais allongée sur le canapé que mon père squatterait quelques jours plus tard, plongée dans un guide de Venise, Samuel regardait *Sunset Boulevard* de Billy Wilder. Au moment de cette scène où le scénariste est sur le point d'embrasser la future femme de son meilleur ami, le livre que je tenais dans les mains est tombé, j'ai vu le lapin en peluche sur mes genoux, et il m'a fallu quelques secondes pour comprendre que c'était Samuel qui avait lancé le lapin sur le livre. Il a éclaté de rire, il a dit T'en as pas marre de Venise ? Je l'ai regardé avec fureur, c'est comme s'il avait touché un point de fracture en moi, brisé une ligne sensible en y enfonçant un doigt.

— C'est quoi ton problème ? Tu regardes un film que j'ai déjà vu, je prépare mon voyage à Venise.

— Ça fait des semaines que tu prépares ton voyage à Venise.

— Et alors ? C'est pour mon travail, pour Casanova...

— C'est quand même bizarre pour une femme d'être fascinée par Casanova.

— Je ne suis pas fascinée, c'est mon travail.

— Pourquoi Casanova ? On m'a posé la question et je n'ai pas su quoi répondre.

— Il faut que quelqu'un d'autre s'intéresse pour que tu t'intéresses à moi !

— Je me suis senti mal, j'ai eu l'impression d'être avec quelqu'un que je ne connaissais pas.

— Je suis ta femme et tu ne me connais pas en effet ! C'est un romancier extraordinaire, qui arrive à rendre romanesque n'importe quelle scène du quotidien, ses Mémoires sont un témoignage des mœurs du XVIIIe, qui est un siècle de basculement. Je te rappelle que je suis aussi professeure de littérature du XVIIIe. C'est un aventurier, qui n'a peur de rien, qui se refait toujours, d'une liberté absolue, c'est un modèle de vie en mouvement, d'une vitalité totale, c'est un modèle d'ardeur. Tu n'as jamais lu une ligne de ses Mémoires, ça ne te ferait pas de mal ! Tu n'as jamais lu une ligne de ce que j'écris.

— Ça ne m'intéresse pas. Tu aimerais que je sois un Casanova ?

— Non.

— Tu n'aimes pas ta vie ?

— Ça n'a rien à voir. J'ai le droit d'être intéressée par un personnage différent de moi. Je ne suis pas Casanova.

— Sa liberté te fait rêver. Tu es si contente de partir à Venise, sans nous.

— Oui je suis contente d'aller à Venise, seule. J'aime être seule, j'ai besoin d'être seule, comme toi tu as besoin d'être constamment entouré. J'ai eu une proposition de conférence qui ne se refuse pas. Je ne connais pas Venise. À presque quarante ans, je ne suis jamais allée à Venise. Tu ne m'as jamais emmenée à Venise en seize ans.

— Comment je vais gérer la petite pendant trois jours ?

— Tu vas y arriver, comme tous les pères. C'est la première fois que je pars à l'étranger en trois ans. J'ai refusé une conférence à Columbia, à New York, pour ne pas te laisser seul avec elle. Il y a une chose que j'aimerais, c'est que tu redeviennes l'homme que j'ai connu, l'homme actif, dynamique, voyageur, force de proposition, qui m'a séduite. Et que tu me baises ! Je n'ai pas quarante ans, j'ai trente-neuf ans, et j'ai envie de coucher avec mon mari, mais monsieur n'est pas bien, monsieur est fatigué, monsieur n'a pas envie, monsieur regarde des films jusqu'au milieu de la nuit ! Je ne me souviens même plus de la dernière fois !

— Je ne vais pas me forcer quand même.

Je lui ai lancé le lapin à la tête et je suis partie dans ma chambre, notre chambre, j'ai claqué la porte du salon, Maya s'est mise à pleurer, je l'ai serrée dans mes bras, j'ai étouffé mes propres pleurs dans son cou.

Le lendemain, il s'est excusé en me disant qu'il avait fumé un pétard, qu'il fallait qu'il arrête, que ça le rendait parano. Mais il n'avait pas fumé de pétard ce soir-là. Chaque matin, je vidais le cendrier dans la poubelle.

5

La masse formée par le corps de mon père sous le drap a bougé sur le canapé quand mon téléphone a sonné. Le visage de ma grand-mère s'affichait, son regard clair comme une lame, je pouvais l'imaginer, enfoncée dans son grand fauteuil, les cheveux hirsutes d'une nuit de mauvais sommeil, sa tête qui dodelinait pour signifier son impatience devant la vie qui n'avançait plus assez vite, face à son fils unique qui avait toujours été *comme ça*, qui ne changeait pas, qui ne ressemblait ni à elle, évidemment, ni à son mari, qui ne s'était jamais « dérangé » (ce qui signifie qu'il ne l'avait jamais trompée), de son corps qui ne suivait plus son esprit toujours aussi rapide.

J'ai tiré d'un coup sec les rideaux du salon, j'aurais voulu les arracher.

— Je viens quand même prendre des nouvelles de mon fils.

— Ton fils dort encore à 10 h 30 ! Il passe ses journées sur le canapé, je ne sais plus quoi faire de lui.

— C'est pas possible. Passe-le-moi que je le secoue.

— C'est ta mère, dis-je.

Mon père enfouit sa tête sous les draps.

— Armand, tu m'entends. Il faut que tu te reprennes. Ta fille, elle a déjà sa fille à s'occuper, son travail, son mari qui ne fait pas grand-chose (je regarde Samuel qui fait la grimace derrière son ordinateur), tu vas avoir soixante-dix ans, tu n'es pas un enfant. Tu m'écoutes ? Il m'entend ? Tu as bien mis le haut-parleur ?

Elle parle fort, elle est sourde.

— Oui, dis-je en hurlant presque.

— Ton jardin t'attend, je m'en occupe comme je peux mais il y a du mildiou sur les tomates. On a eu beaucoup de pluie. Je n'ai pas trouvé ta bouillie bordelaise.

— Papa, tu entends, tes tomates, ton jardin !

— Je les laisse crever tes tomates ?

Silence.

— J'ai vu Germain sous le hangar, il venait chercher le semoir, il m'a demandé où t'étais. Mais il sait, tout le monde sait, ça doit encore bien jaser.

J'essayai de tirer le drap sans succès, je posai le téléphone et tirai de toutes mes forces des deux mains, mon père résista et céda, je le découvris entièrement, recroquevillé dans un slip en lycra rouge, ses jambes maigres ramenées sur son ventre qui avait fondu. Mon papa, le plus fort, le plus beau, qui ressemblait à un acteur américain, fils de sa mère, part américaine inventée par moi, fantasmée, pour être d'ailleurs, pour ne pas être entièrement le fruit d'une seule racine, d'une seule terre, la terre argileuse du Val de Saône qui colle aux baskets. Heureusement, la beauté n'est le privilège ni de la richesse, ni de l'Amérique. Le mouvement non plus ; mon père est le mouvement même, dans la parabole, l'hyperbole de sa vie, mon père est un grand amoureux, comme Casanova. Mon père ne vit que pour la passion, que pour le désir, il écoute des chansons d'amour dans son tracteur, de la variété française dont il comprend les paroles, il chante, faux, mais il chante, les yeux brillants, il n'est pas à sa terre, il n'est pas à ses animaux, quand il les nourrit il pense aux femmes, au pluriel, à celles qu'il a aimées, désirées, à celles qui viendront, il est dans la multiplication, il est capable d'aimer plusieurs fois, en même temps, de désirer des corps les uns sur les autres comme un château. Même aveugle mon père continuerait à multiplier sa vie, il a suffisamment d'images en lui. Comme Casanova, vieux.

En regardant mon père, je devrais penser à tout autre chose mais la pensée qui s'impose par-dessus toutes les autres, comme ce château de corps, comme ces corps qui déferlaient en météorites dans mon bureau de la Sorbonne, c'est : la sexualité est images. Ce sont les mots et les images qui embrasent le corps, ils précèdent l'acte, ils l'anticipent et le doublent comme des miroirs. Pour la première fois depuis qu'il a échoué sur mon canapé, je comprends mon père. Il est sur un autre plan, bien plus réel pour lui que son potager, il est dans son chagrin d'amour, il le vit intensément, des images encore – le corps étalon, sans bride pour contenir sa puissance, arrêté en pleine course, étendu, complaisant et martyr de lui-même, aboli, à la vue de tous, pour l'exemple, comme le Christ sur sa croix.

Sur le canapé de sa fille, le père souffre d'amour avec ses points de suture à l'arcade sourcilière. Ce corps sans fonction, mais cette vie qui demeure, le sang, la chair, en partage, même peau, que la fille le veuille ou non, cette surabondance sur son canapé lui fait horreur et pitié. L'immobilité ressemble à la mort, l'immobilité d'un père c'est l'abandon, c'est sa propre mort en perspective. La fille veut qu'il vive, qu'il se reprenne. Elle ne sait pas qu'on peut vivre dans un chagrin d'amour comme sur une autre terre, dans une autre langue, en exil, dans une disparition de soi-même, plus réelle que la terre qui a porté nos premiers pas. La grand-mère porte la charge, elle ne vit que sur un plan, elle dit L'amour, en haussant les épaules, elle est aimée pourtant mais elle aime souffrir, elle plaint les malheureux, elle pleure pour eux à l'église, elle n'aime pas les forts, les victorieux, les jouisseurs, elle n'aime pas les têtes qui dépassent, surtout celles des siens, ça lui fait honte. La honte, elle ne dit jamais le mot, il n'est pas dans son vocabulaire, il est obscène, on ne parle pas de ses sentiments. Ni d'amour ni de honte. Comme mon mari, elle dit Tu n'en as pas marre de Casanova, il n'y a pas d'autres choses plus sérieuses à étudier. Qui ? Voltaire, Rousseau ? Elle lève les yeux au ciel, elle ne sait pas. Alors je déroule Casanova est bien plus intéressant, ça n'est pas un abstinent, ça n'est pas qu'un intellectuel, il est la vie et il nous la livre dans ses plus infimes détails, comme si on l'observait au microscope, c'est très rare qu'un homme aussi vivant écrive, il y a peut-être Camus, le sensuel, mais encore Camus plaçait son écriture sur un plan intellectuel, il écrivait la vie par l'angle philosophique, métaphorique, il voulait créer des mythes, alors qu'on sait à quel point il était vivant dans sa vie d'homme.

Paradoxalement, la honte de ma grand-mère aussi brutalement formalisée ne m'écrase pas, elle m'encourage ; pendant qu'elle jardine ou qu'elle cuisine, je pars dans une logorrhée sauvage, je parle de ce qu'elle ne connaît pas, je me lâche. Rousseau a abandonné ses enfants, Voltaire était misogyne, homophobe, raciste, tu parles de Lumières !

Elle se tait, je ne sais pas si elle m'écoute, je pourrais parler chinois, et à la fin elle annule d'une phrase cinglante tout mon discours.

— Toi tu exagères toujours.

Mais elle me pardonne, elle ne pardonne pas à mon père, elle n'aime pas son silence, il n'a pas le droit de se taire, d'avoir des secrets.

— Il a plu trente millimètres, c'est bon pour tes récoltes.

Silence.

— J'ai vu Sylvie.

Mon père se redresse d'un coup.

— Qu'est-ce qu'elle t'a dit ?

— Ah là tu réponds ! dit-elle en ricanant.

Elle ne dit rien pour se venger, je pose la main sur le bras de mon père pour calmer son impatience, il tremble.

— J'arrivais à la pharmacie à vélo, elle sortait. Quand elle m'a vue, elle a tourné la tête et elle a foncé comme une balle dans sa voiture. Mon sang n'a fait qu'un tour. Je l'ai suivie, je ne lui ai pas fait de mal moi, c'est pas des manières après tout ce que j'ai fait pour elle. J'ai frappé au carreau. Quand elle a fini par baisser sa vitre, j'ai vu qu'elle pleurait.

— Beaucoup ? demande mon père, à genoux sur le canapé, plein d'espoir.

— Oh oui, elle avait même le hoquet. Enfin elle a toujours été un peu comédienne.

Un double appel apparaît sur mon téléphone que je tiens tendu près du visage de mon père, un numéro italien qui commence par 041, l'indicatif régional de la Vénétie. Mon père est soudain si joyeux que je ne veux pas couper ce moment, mais tout me passe par la tête : la conférence est annulée, la nouvelle présidente du Conseil, Georgia Meloni, ne veut plus d'une conférence sur Casanova, le libertin, la professeure est malade, elle est morte, il y a eu un incendie à l'université, ils ne veulent plus de moi, ils préfèrent un homme. Qui ? Sollers est mort. Chantal Thomas, bien sûr, beaucoup plus connue que moi.

— Je lui ai dit que j'avais congédié l'autre.

— Tu as arrêté ta kiné avec Florence ? demande mon père.

— Oui, je ne veux pas d'histoire.

— Comment Florence a réagi ?

— Elle a été soulagée, ça lui faisait trop de peine de venir. Mais je n'ai plus de kiné parce que son collègue n'a pas de place ! Et j'ai mal. Ils vont essayer d'échanger une patiente, même chez les kinés, tu mets le chantier.

— Qu'est-ce que Sylvie t'a dit ?

— Rien, elle s'en fout, elle ne pense qu'à elle, tout ce qui l'intéressait, c'était de savoir si j'étais au courant.

— Tu n'as rien dit ?

— Non, tu devrais avoir honte de faire mentir ta mère. À mon âge. Vous allez finir par me tuer.

— Merci, maman. Et qu'est-ce qu'elle a répondu ?

— Elle m'a regardée avec ses yeux noirs et elle est partie comme une furie. Elle roule trop vite, un jour elle va se foutre en l'air.

— Elle ne pleurait plus ?

— Non, elle a vite arrêté de pleurer.

— Elle était peut-être émue. C'était quand ?

— Hier. J'ai tué le lapin qui mordait. Il y a encore une mère qu'est grosse. Tu rentres quand ?

Silence.

— Il faut rentrer maintenant, je ne peux pas porter la ferme avec l'âge que j'ai.

Silence.

— Il y a qu'une chose qui t'intéresse, eh bien je vais te le dire, je voulais t'épargner mais toi tu ne m'épargnes pas beaucoup. En partant, elle m'a dit Je ne veux plus jamais voir votre fils, et qu'il arrête de m'envoyer des messages.

Mon père crie Menteuse.

— C'est la vérité.

— T'es une menteuse.

— Ne dis pas ça à ta mère.

— C'est à cause de toi tout ça, tu ne m'as jamais donné de tendresse, d'amour, tu ne pensais qu'à travailler. J'étais un enfant sensible, tu n'as rien vu.

— Tu as perdu la tête.

— Tu n'as pas été une bonne maman.

— Tais-toi.

— Ça suffit, dis-je en arrachant le téléphone des mains de mon père qui fond en larmes. Je raccroche, mémé.

— Voilà où ça mène l'amour! dit-elle.

— Méchante, hurle mon père.

J'hésite à serrer mon père dans mes bras, je ne sais pas faire, j'écarte les bras, je pense aux centaines d'oiseaux qui nichent dans le noyer près de la fenêtre de ma chambre à la ferme, on dirait le vent qui se lève quand ils se détachent tous d'un coup des branches et s'envolent vers le ciel, restent les petits qui pépient dans leurs nids, je referme mes bras sur mon père, qui tremble et qui transpire.

Je pense à ma sœur, la part manquante.

Je voudrais partir retrouver ma petite sœur à Rio, la regarder peindre dans son atelier jusqu'à ce que la lumière bleuisse, aller prendre un verre avec elle et ses amies, rencontrer son amoureuse, découvrir son quartier de Santa Teresa, parler, remplir le vide de celle qui est partie soudainement il y a presque quatre ans, parce qu'elle est tombée amoureuse d'une Brésilienne, ça n'a pas duré mais elle est restée et elle a connu le succès au Brésil avec sa peinture. C'est elle qui m'a dit que la lumière devenait parfois bleue le soir. Elle m'a envoyé une photo : son atelier haut de plafond avec une verrière, ses peintures, ses objets, la statue en terre cuite d'une femme nue sans yeux, un canapé en velours vert, des chaises en paille qu'elle a chinées, ma sœur tournée vers l'objectif, comme surprise, les yeux incandescents. Qui a pris cette photo?

Je ne sais plus rien de la vie de ma sœur. C'est elle qui a le succès, c'est elle l'aventurière.

À son vernissage dans une galerie parisienne, alors qu'elle était interviewée par un journaliste d'une revue d'art, ma mère a dit Je pensais que c'était toi qui deviendrais célèbre. Il y avait une fille qui était là que je n'avais pas remarquée, mon père me l'a désignée, elle ne cessait de regarder Marion, mon père a dit Ta sœur, sous son air de ne pas y toucher. Alors, je n'avais cessé de regarder cette fille, son regard, pour comprendre ce que j'avais manqué de ma sœur, pourquoi elle s'était détachée de nous, sans bruit et sans heurt, comme une terre se détache d'un continent et devient une île, avec tant de facilité, alors que nous étions si proches, qu'elle me suivait comme une ombre, moi la grande sœur. Elle était venue vivre à Paris pour être près de moi, et d'un coup elle avait annoncé Rio, la veille de Noël, à moi comme au reste de la famille, je lui avais demandé dans la cuisine pourquoi elle ne me l'avait pas dit avant, elle a répondu Parce que tu n'as plus besoin de moi en désignant mon ventre de femme enceinte. J'avais toujours pensé que c'était elle qui avait besoin de moi. J'en avais parlé à ma mère pour qui c'était une évidence : Elle a toujours veillé sur toi.

C'était désormais elle qu'on suivait comme une ombre ; ma sœur avait fait un signe de tête à la fin du vernissage, et la fille l'avait suivie dans la nuit, je les avais regardées longtemps marcher côte à côte sans se toucher. Ma sœur avait toujours été mystérieuse. C'était la dernière fois que je l'avais vue, il y a plus de deux ans, un jour frais du mois d'avril, c'était la dernière image, elle s'évanouissait dans la nuit avec une femme. Elle ne se retournait pas. J'appartenais au passé.

Mon téléphone sonna de nouveau, le numéro vénitien, j'avais oublié, je m'éloignai dans le couloir et refermai la porte de la chambre, c'était la professeure italienne qui me parlait dans un français parfait, presque sans accent, qui faisait perdre tout son effet à mon italien moyen, elle se réjouissait de ma venue, elle avait beaucoup aimé ma thèse, elle avait eu du mal à mettre la main dessus, elle trouvait le titre, *Casanova, l'homme qui aimait les femmes,* absolument pas universitaire, et c'était tellement culotté d'avoir utilisé Casanova pour écrire un plaidoyer féministe, c'était l'esprit typiquement français. Elle ne me laissa pas le temps de répondre, elle me proposa de réserver une visite guidée de la Biennale, nous pourrions y aller toutes les deux la veille de la conférence, ça permettrait de faire connaissance, de rendre notre échange plus complice, plus fluide, et je n'avais pas répondu à son dernier mail, est-ce que je venais accompagnée ? J'ai répondu en riant que je venais sans mari, sans enfant, que c'était les vacances de la mère, j'avais ajouté J'imagine que vous pouvez comprendre. Elle n'avait ni ri ni répondu. Après un silence elle avait dit J'ai une dernière question, elle avait commencé et s'était arrêtée net en entendant des cris et un bruit sourd dans le combiné : Samuel avait ouvert la porte de la chambre qui avait rebondi contre le portant à vêtements, et dit Viens vite. D'une voix aussi calme que possible j'ai dit Je vous rappelle un peu plus tard.

Mon père était allongé sur le parquet de la salle à manger, les mains sur ses yeux, secoué de sanglots, son téléphone sur le carrelage de la salle de bains, l'écran éclaté, un enfoncement dans la porte à hauteur d'homme. Samuel se tenait contre la table une main sur la bouche.

— Qu'est-ce qui s'est passé ?

— Il a fait une sorte de crise de nerfs et il a jeté son téléphone contre la porte de la salle de bains.

— Mais pourquoi ?

— Il a appelé Sylvie qui a répondu au bout de six tentatives, elle l'a menacé de porter plainte pour harcèlement s'il appelait encore. Elle a dit qu'elle ne l'aimait plus.

— Je suis désespéré, je ne peux pas vivre sans elle, ma vie est finie. Il faut que tu m'aides. Appelle-la s'il te plaît.

— Pour lui dire quoi ?

— Lui demander si c'est vrai qu'elle ne m'aime plus.

— Je ne peux pas faire ça.

— Mais si, elle t'a toujours beaucoup aimée, c'est grâce à toi si elle a été acceptée dans la famille.

— C'est grâce à maman surtout.

Il se met à sangloter.

— S'il te plaît, murmure-t-il entre ses larmes.

Il redouble de sanglots.

— D'accord, dis-je en m'éloignant dans la chambre.

Sylvie répond à la deuxième sonnerie, j'entends un bruit de sèche-cheveux qui s'éloigne.

— Bonjour, Sylvie, excuse-moi de te déranger au salon mais comme tu le sais papa est chez moi et ça ne va pas du tout, il est très malheureux.

— Il m'a trahie.

— Il le regrette. Vous êtes si heureux ensemble depuis quinze ans...

— C'est la deuxième fois.

— Avec maman, c'était tout le temps, enfin c'est ce que je découvre avec stupéfaction.

— Elle a supporté bien des choses, ta mère, et c'est elle qui a fait une dépression ! Ton père ne pense qu'à son plaisir.

— Il a soixante-neuf ans, il va se calmer.

— Tu sais, moi j'encaisse jusqu'au moment où la coupe est pleine. Déjà la première fois, j'ai cru que je ne lui pardonnerais pas.

— Ça peut revenir.

Elle a presque crié :

— Non, je ne l'aime plus. À l'instant où j'ai su, je ne l'ai plus aimé. Ça n'existait plus, je ne me souvenais plus que ça avait existé. Comme un rêve dont on ne se souvient pas en se réveillant. On ne s'en souvient jamais, ça ne revient pas. Je n'aime plus ton père, j'ai oublié que je l'aimais, je ne l'aimerai plus, il reste juste au fond de moi, comme une réminiscence de quelque chose de déjà vécu, de périmé. Je le regarderai dans la rue non pas comme un parfait inconnu mais comme quelqu'un que j'ai bien connu mais qui est passé en arrière-plan dans ma vie. Du coup je ne suis pas malheureuse, je suis même soulagée. Il y a quelque chose de flou dans mon souvenir, et d'absolument clair dans ma pensée aujourd'hui. Je pensais mourir de chagrin s'il me quittait, la vie est étrange n'est-ce pas ?

Je me demande si elle a bu mais elle ne boit jamais une goutte d'alcool et sa voix est parfaitement claire.

— Mémé m'a dit que tu pleurais dans ta voiture.

— Je venais d'apprendre la mort de mon frère aîné, Pierrot, celui que j'adorais, qui m'a appris à faire du vélo, avec qui je suis allée en boîte de nuit la première fois...

— Quinze ans quand même.

— Non, j'avais dix-sept ans.

— Je voulais dire quinze ans avec papa. Mais excuse-moi de reparler de papa, je suis désolée pour toi, pour cette (je cherche un mot correct) disparition.

J'entends un glissement, le bruit des sèche-cheveux, une voix qui murmure Mme Baluchon s'impatiente, elle a peur que le temps de pose de sa couleur soit trop long.

— Elle a toujours peur de tout, Mme Baluchon, elle n'a jamais osé quitter son mari qui boit. Je ne suis pas Mme Baluchon. Dites-lui que j'arrive, qu'elle aura les cheveux rouges et que ça va changer sa vie.

Je ne peux pas m'empêcher de sourire.

— J'en ai marre de ces clientes qui se croient le centre du monde avec leurs trois cheveux sur la tête. J'en ai marre de bosser pour une patronne qui n'est jamais là et qui encaisse le fric, elle préfère être dans son jardin, les mains dans la terre, qu'elle y reste et qu'elle nous le cède, son salon, j'aurais dû accepter quand ta mère me l'a proposé mais j'ai eu peur, j'ai préféré rester salariée, et j'étais amoureuse de ton père, je ne pensais qu'à lui. C'est mon tour maintenant ! C'est fini de me faire diriger au salon, à la maison, pour ne pas être respectée. Je vais m'installer en coiffeuse à domicile et partir avec toute ma clientèle, voilà ce que je vais faire. Elle pourra s'occuper de ses roses, l'autre grande cruche! Et ton père, je ne le reprendrai pas! Ça fait quinze ans que j'attends qu'il se calme, qu'il arrête de regarder ailleurs, quinze ans à être toujours inquiète qu'il parte avec une autre, à aller dans les dîners et les fêtes la boule au ventre, et que ta grand-mère m'accepte enfin mais non, il y en a toujours que pour ta mère, et tu sais que j'aime ta mère. Pour ta grand-mère, je suis la salope qui a brisé un ménage. Bien sûr que ça m'a fait de la peine pour ta mère mais ça nous est tombé dessus avec ton père. En tout cas, je ne veux plus d'homme dans ma vie. Il n'y a que toi et ta sœur que je vais regretter, vous avez toujours été gentilles avec moi, bien plus que ma belle-fille. Élevez un fils, en faire un homme pour qu'il se jette dans les bras de la première garce venue et qu'il aille vivre en Chine, franchement!

Elle cria, j'éloignai le téléphone de mon oreille, je me retournai : mon père était à quatre pattes dans la chambre et il pleurait. Je fis un geste à l'intention de Samuel qui entoura mon père de ses bras et essaya de le tirer hors de la chambre. Mon père résista, se mit à plat ventre, Samuel le tira par les pieds.

— Dis à ton père que je ne l'aime plus.

Les sanglots de mon père se transformèrent en hurlements. Je m'éloignai près de la fenêtre où l'alarme d'une voiture résonna dans la cour. Je cherchai quelque chose à jeter sur cette affreuse voiture rouge, qui pourtant couvrait les pleurs de mon père mais je voulais que quelque chose se brise, je balayai la pièce du regard. Rien ne valait d'être jeté.

— Tu es où ? demanda-t-elle.

— Chez moi.

— Ah d'accord, c'est bruyant.

— Normalement non. Au revoir, Sylvie, et courage pour les obsèques de ton frère.

Je me retourne, je regarde la porte fermée, j'écoute les cris de mon père derrière. Je croise les bras comme si ça pouvait me protéger, me donner de la force, me faire réfléchir. Je pense à mes gestes comme si je m'étais soudain dédoublée, je ressens une grande fatigue, je vois ma main qui passe sur mon visage, les cernes sous mes yeux, l'enfant qui crie dans la nuit, dans mes rêves, je ramène mes pensées à la situation. J'ouvre la porte : mon père les bras allongés sur le sol, les fesses en l'air, secoué par des sanglots, rampe jusqu'à mes pieds.

— Tu vas venir avec moi à Venise.

J'enjambe mon père, je bouscule Samuel figé dans l'encadrement de la porte.

J'écris un message à la professeure, en italien, elle ne me dominera pas avec son français académique, je lui écris que je viendrai finalement avec mon père mais que nous irons à la Biennale toutes les deux pour faire connaissance ainsi qu'elle me l'a proposé. Elle me confirme que c'est bien noté et me demande si je suis végétarienne.

— *Assolutamente no ! Non ho tutti i difetti !* (absolument pas ! Je n'ai pas tous les défauts !).

6

Je regarde le visage de mon père qui regarde Venise qui se découpe dans le hublot. Je guette ses impressions comme sur le visage d'un enfant. Il se penche pour mieux voir. Il montre enfin un signe d'intérêt pour autre chose que son chagrin ou l'objet de son chagrin – Sylvie. Venise est reliée à la terre par un pont comme un cordon, on dit que la ville forme un cœur, je cherche le cœur coupé en deux par le Grand Canal. Je vois un poing serré. J'avais demandé à un professeur de littérature comparée amoureux de Venise quel côté de l'avion choisir pour voir Venise. Rangs de droite à l'aller, et gauche au retour.

J'aimerais avoir l'habitude de venir à Venise. J'aimerais avoir une maison à moi quelque part, qui ne soit pas celle de mon père qui contient mon enfance, son enfance, entourée de nos bois et de nos terres, acquise par les bêtes de somme qu'étaient les femmes et les hommes avant moi, couchés dans le cimetière sans arbre à côté d'Aldi. Un lieu vierge, non pas sans passé et sans mémoire, vierge de moi, de nous, j'aime les villes, l'architecture, les constructions, les traces immémoriales des hommes et les fantômes des autres, un lieu qui ne m'attend pas, qui n'a pas besoin de moi, qui ne me rejette pas, ouvert, où l'on entend les langues du monde, une ville, que je choisis, que j'apprivoise, une langue qui n'est pas la mienne, d'autres visages, d'autres lignes de force, une géographie qui me perd et dans laquelle je finis par me retrouver. Ça ne signifie pas abandonner les miens, mon passé, ça n'est pas fuir ou brûler pour devoir reconstruire ailleurs, une chose n'exclut pas l'autre, c'est ajouter un point sur ma carte intérieure, c'est être en mouvement, c'est ne pas renoncer au mouvement constitutif, c'est conquérir non pas dans le sens de dominer, c'est traverser ma peur de l'inconnu, c'est rester dans le jeu de l'aventure, aller d'un point à un autre en évitant, quand on peut, en franchissant, quand on doit, les obstacles. Il y a aussi qu'en devenant mère, on devient l'origine, on doit montrer des chemins, conduire, emmener l'enfant qui est le mouvement même, qui demande à voir. Ou bien alors, comme moi, quand on a manqué, on devient avide et insatiable et c'est dangereux.

Ce fut Paris il y a vingt ans, le territoire fantasmé, beau et âpre, qui ne m'attendait pas.

Je regarde les bateaux filer dans des couloirs entre les îles. Ici, les routes sont maritimes, le code est celui de la mer. Venise est dans un archipel, entourée d'îles naturelles couvertes d'arbres, plus ou moins habitées, d'îles fortifiées plus ou moins abandonnées, les *batterie*, assurant autrefois la protection contre les attaques venant de la mer, formant un arc de Mazzorbo au nord à l'extrémité sud du Lido, longue bande de terre, barrière naturelle de protection face à la mer. C'est une ville de mer, fascinante pour une fille de la terre. Mon père m'a guidée sur son territoire, il m'a appris la terre, à la tenir dans mes mains, la forêt, son silence, ses secrets et ses pièges, les animaux, les aimer et les manger, il ne m'a pas ouvert le monde, il ne m'a pas fait découvrir des territoires étrangers mais il m'a appris à ne pas avoir peur.

À Venise c'est moi qui passe devant, c'est moi qui emmène mon père, c'est mon nom, son nom que j'ai gardé après mon mariage, qui s'affiche en noir sur une pancarte blanche : Jeanne Guilbert. Typiquement français. Je suis française, ma langue maternelle est le français, je suis née à l'hôpital de Beaune en Bourgogne, et j'ai grandi à Mougeot, une petite ville de deux mille habitants, dans une ferme à la lisière d'une forêt; je suis de quelque part, j'ai des racines, je peux me déployer où je veux dans le monde. Je n'ai pas peur.

Je suis professeure d'université spécialiste de Casanova, et je pose le pied à Venise pour la première fois, à presque quarante ans.

Le jeune homme qui nous attend à l'aéroport nous conduit à Venise. Par le pont, on remonte le cordon jusqu'au cœur. Il s'efforce de parler français alors que je lui parle italien. Est-ce que tous les Italiens vont me parler français? Peut-être parce que les Français ont la réputation de mal parler les langues et de ne faire aucun effort. Parce que c'est une politesse de parler la langue de l'autre, politesse en effet étrangère aux Français. Parce que les Italiens parlent, c'est dans leur constitution. Il se gare Piazzale Roma et nous conduit jusqu'à Marco qui attend dans un bateau-taxi, qui ne sait dire que Bonjour et Merci. Marco avance par le Grand Canal sous un ciel radieux, il désigne certains endroits, je n'écoute pas, je ne veux plus faire la démonstration de mon italien, j'ai perdu mon français, je garde le silence, mon père aussi, comme pour laisser le plus grand espace à la vue, comme pour embrasser tant de beauté. Les yeux ne s'affolent pas, ils balaient calmement cette ville qui semble se déplier d'instant en instant, qui peut disparaître, être engloutie, et qui se dresse depuis mille cinq cents ans sur des pieux de bois dans la mer. Toujours debout. Toujours, ça n'est pas l'éternel, c'est ce qui dure alors que ça pourrait disparaître. Le regard est calme car Venise n'est pas une beauté qui fait mal, elle s'offre, avec sa patine, ses fissures, ses immeubles de travers, ce qui augmente sa beauté, comme sa disparition annoncée. C'est un miracle, bâti à mains d'hommes, qui a reçu en retour une bénédiction, une immanence. On peut la toucher, comme on entre dans une église, pour prier et être bénie. Je regarde mon père à la dérobée. Il tourne la tête, il se retourne, comme lorsqu'il croise une belle femme.

J'écris un message sur le groupe WhatsApp de la famille, constituée de mon père, de ma mère, ma sœur, et moi : « Bien arrivés à Venise, où la beauté est une renaissance. » J'ajoute une photo du profil de mon père qui se découpe comme un médaillon sur le Grand Canal. Mon père dit Si seulement Sylvie pouvait voir ça, et il fond en larmes. Le batelier me regarde, il se demande pourquoi je ne bouge pas, pourquoi je ne serre pas mon père dans mes bras, pourquoi mon regard est dur peut-être – il sait notre lien, j'ai dit Papa en montant dans le bateau –, il est sans doute étonné de mon manque de sollicitude.

Il ne sait rien de moi et de mon histoire, du ballet amoureux de mes parents auquel j'ai assisté depuis l'enfance, de l'érotisation des espaces de la maison – maintenant je mets des mots, maintenant je comprends et tout me revient ; de ce que j'ai pu entendre et voir – mon père embrassant Jacqueline B. dans la forêt ; de ma sœur qui a mis un océan entre nous, qui vit avec une femme ; de mes efforts déployés pour sortir mon père de son chagrin d'homme ; de la scène de Samuel, soudain jaloux de Venise, de Casanova, lui qui n'est jamais jaloux ; il ne sait rien de la charge d'un homme, de deux hommes, d'un petit enfant, d'une maison, puisqu'il est un homme ; il ne sait rien du renversement de toute chose depuis que mon père est arrivé dans ma vie de femme, il ne sait rien de ce que ça représente pour une fille de faire face au chagrin d'amour de son père, ce qui signifie accueillir, comprendre, divertir, du voile soulevé sur le couple du père, sa sexualité, sa compulsion à l'adultère ; il ne sait rien de la vie sexuelle de son père, et il ne veut rien savoir, comme moi avant lui. Le bateau heurte légèrement le ponton où une fille aux cheveux ras se tient souriante, pour nous amener à l'hôtel à trois pas. Ensuite elle nous conduira à un restaurant près de l'université pour un déjeuner informel avec la professeure.

Le batelier ne sait pas ce que c'est que de se retrouver dans une chambre d'hôtel à Venise avec son père. Un père qui pleure, la tête contre une vitre qui donne sur le Grand Canal. Un homme qui pleure, ça bouleverse l'ordre ancestral établi de la puissance masculine, un père qui pleure, c'est l'édifice familial qui s'effondre.

J'ouvre la fenêtre, j'avance sur le balcon.

— Viens, papa, regarde, c'est extraordinaire.

Mon père sort sur le balcon, il regarde, hébété, le ballet des bateaux.

— Quelle chance ! Allez, on va déjeuner !

— Non, je reste là.

— Ah non, tu viens ! La professeure nous attend. J'ai dit que nous étions trois.

— Tu seras mieux sans moi.

— Je ne te laisse pas seul ici. Tu viens.

Nous suivons la fille dans un dédale de rues étroites. Je regarde son dos, ses épaules musclées. Où est-ce qu'on fait du sport dans cette ville ? Est-ce qu'il y a des salles de sport, des promenades pour courir ? Est-ce qu'elle va nager au Lido ? À quoi ressemble le Lido ? Il y a combien d'habitants à Venise ? Je veux tout savoir de cette ville. Elle a des épaules de nageuse. Elle se retourne vers moi, elle me sourit. Elle a senti mon regard. Est-ce qu'elle aime les filles comme ma sœur ? Est-ce que ma sœur la reconnaîtrait comme une fille qui aime les filles ? Ma sœur se moquerait de ma pensée courte : elle a les cheveux courts, elle est musclée, donc elle aime les filles, elle dirait C'est autre chose, c'est une façon de regarder, c'est parfois une façon d'occuper l'espace mais pas toujours. C'est dans le visage un dépouillement. J'avais essayé de comprendre quand elle m'avait dit ça.

— C'est dans le regard une sorte de dilatation de la pupille.

— Qui viendrait de quoi ?

— De la jouissance ou de la promesse de jouissance. Une dilatation qui occupe l'espace du visage, qui le met à nu.

J'avais éclaté de rire. Nous étions dans son atelier à Ivry. Dans des mouvements presque brusques, elle avait attrapé une feuille Canson dans une étagère, elle l'avait accrochée à un chevalet et elle s'était mise à dessiner, tout en déroulant le fil de sa pensée. Ses mouvements étaient devenus sûrs et patients.

— Qui n'est pas observable chez les hétérosexuelles ?

— Très peu, car la grande majorité des femmes hétérosexuelles ne jouissent pas beaucoup.

Elle l'avait dit sur un ton définitif qui m'avait surprise et agacée, ma sœur qui n'était jamais radicale pouvait se montrer tranchante sur les questions de genre.

— Qu'est-ce que tu en sais ?

— Je sais, c'est tout, j'ai des amies hétéros.

— L'expérience des autres ne suffit pas, il faut le vivre soi-même. À part Paul à dix-huit ans, tu as eu des histoires avec d'autres hommes ?

— Oui.

— Ah bon, je ne savais pas.

— Tu ne sais pas beaucoup de choses de moi.

— Parce que tu ne l'as jamais dit.

— Parce que tu n'as jamais posé les questions.

— Je m'intéresse à toi, ce n'est pas vrai.

— Oui à ma peinture, à ma vie matérielle, mais pas à ma vie intime.

J'avais marqué un temps d'arrêt pour réfléchir. C'était probable mais je n'en connaissais pas la raison.

— Et pourquoi à ton avis ? demandai-je.

— Parce que tu as peur des réponses.

— Je ne veux pas forcément avoir des détails sur la sexualité de ma sœur, en effet.

— Sur la sexualité en général.

— D'où tu sors ça ?

— Tu as peur du sexe.

— N'importe quoi.

— Tu crains le débordement, tu es dans le contrôle.

Elle avait continué à dessiner silencieusement. Je cherchai une réponse.

— Tu as une sexualité épanouie avec Sam ?

— Non, mais c'est lui qui ne veut pas.

— Tu as eu une sexualité épanouie avec d'autres hommes ?

Je pense au serveur, à ma peur de son sexe, à mon blocage dès qu'il voulait l'introduire, de la fois où il a forcé mes jambes qui ne voulaient pas s'ouvrir, de mes pleurs ensuite, de son incompréhension – Pourquoi t'aimes pas ça ? – c'était un viol qui ne disait pas son nom à l'époque, de mes mots quand je l'ai quitté Je m'ennuie avec toi, le mensonge pour couvrir mon incapacité et la violence de l'acte.

— Tu sais bien que non. Ça rejoint donc ta théorie que les femmes hétéros ne jouissent pas beaucoup.

— C'est encore un exemple qui la conforte. Et pourquoi elles ne jouissent pas beaucoup ?

— Parce qu'elles sont mal baisées, répondis-je.

— Et pourquoi ?

— Arrête avec tes questions. Je ne suis pas une enfant, c'est moi la grande sœur.

— Professeure d'université, spécialiste de Casanova, et tu ne sais rien, enfin tu sais tout mais tu n'as jamais rien formulé, à part sur Casanova. Ta thèse, *Casanova, l'homme qui aimait les femmes,* ce titre auquel tu t'es accrochée alors que ton directeur de thèse n'en voulait pas, tu voulais annuler la grande méprise de Casanova vu comme un collectionneur, tu voulais renvoyer les séducteurs qui se réclamaient de lui dans leurs chambres, tu voulais qu'ils apprennent à faire jouir les femmes, tu voulais mettre en lumière le Casanova amoureux et féministe, allié des femmes car on ne dit pas féministe pour un homme.

— C'est ce qu'il était. Je rends justice au vrai Casanova.

— Jeanne Guilbert, la justicière.

Son ironie, sa tranquillité – elle continuait à dessiner – m'avaient blessée.

— Tu cherches surtout ta place. Ta place de femme, grandie à l'ombre d'un père séducteur. Casanova s'est comporté comme un égoïste mais tu lui pardonnes pour pardonner à ton père.

— On a tous une part d'ombre.

— Les femmes sont mal baisées parce que la sexualité des hommes prend tout l'espace, parce que la sexualité des femmes n'existe pas, elle est niée depuis des millénaires, enfin précisément depuis que Jésus est né sans que sa mère soit touchée. La fonction des femmes n'est pas de jouir, mais d'enfanter. Les femmes sont des ventres. D'ailleurs il y a les ventres pour baiser, celles à qui l'on ne fait pas d'enfant, les putes, les salopes du village, et il y a les mères. Pourtant, il y a une chose que les religions oublient, que les hommes oublient, c'est la nature. La femme est dotée d'un clitoris et chaque organe a une fonction. Et la seule et unique fonction du clitoris, c'est d'être dédié au plaisir. Quand tu fais une recherche Internet sur la taille du clitoris, la première réponse est : « En fonction des femmes, la taille du clitoris varie de deux millimètres à un centimètre. » On s'en tient à la partie visible qu'on ne peut pas nier. En faisant une recherche un peu plus approfondie, on apprend que le clitoris mesure de neuf à treize centimètres. Il a une longue tige et deux bulbes comme le pénis. Tu le savais ?

Mon silence est un aveu.

— Aucune curiosité des femmes sur leur corps. Aucune écoute. Et les hommes sont élevés par des mères qui ne connaissent pas leur plaisir et par des pères dont le plaisir est envisagé comme un besoin animal, dont on excuse les dérives.

— Tu généralises.

— Parce qu'il y a une généralité. Les hommes et les femmes qui fonctionnent différemment sont minoritaires. Chez nous, c'était une caricature. La mère soumise au père dominant à qui l'on pardonne ses infidélités parce que c'est un homme, la mère qui va faire son *devoir* conjugal comme on va à l'échafaud, les filles spectatrices...

— C'est bon, je la connais, l'histoire. Maman nous a protégées.

Un silence s'installe, qui m'enveloppe.

— La sexualité des parents ne devrait pas exister. Chez nous, la figure du père était sexuelle.

— Il a été aussi un bon père. Responsable, solide, compréhensif, plus que maman. Il l'est toujours, dis-je.

— Je ne dis pas le contraire. Je dis que cette sexualité, à peine dissimulée, de nos parents, je ne parle pas de l'adultère qu'on ignorait, je parle du récit devenu mythologique qu'en faisait notre mère – l'hypersexualité de notre père vécue comme une invasion, l'absence de plaisir de la femme dans les assauts du mâle, sa soumission pour la paix de la maison – a pesé sur notre sexualité.

— Toi, t'es lesbienne, t'as échappé à la domination masculine, bravo, et moi je reproduis le modèle familial.

— Papa a toujours été ton modèle absolu. Tu marchais dans ses pas.

— Je l'ai détesté à l'adolescence.

— Parce qu'il t'a déçue alors que tu l'admirais.

Elle m'avait tendu le dessin au visage blanc, sans limite, se fondant avec le blanc de la feuille, de grands yeux avec de très grandes pupilles, en partie recouverts par des paupières comme une extinction ou une exaltation.

C'était il y a cinq ans, avant la naissance de mon enfant, avant même que je sois enceinte, avant que ma sœur ne parte pour Rio. On se voyait beaucoup. Samuel avait encore son restaurant. Il travaillait la nuit, je travaillais le jour. Nous n'arrivions pas à faire d'enfant. Nous ne faisions plus beaucoup l'amour, le désir n'avait jamais vraiment pris entre nous, et dès lors que j'étais devenue sa femme et la future mère de son enfant, de surcroît objet de multiples tentatives médicalisées de fécondation, son désir s'était éteint, déjà fragile, comme une flamme meurt.

J'avais voulu accrocher ce dessin dans ma chambre et je m'étais ravisée, je l'avais pendu dans le couloir, je le voyais quand je sortais de la salle de bains. Je pensais à ma sœur, je l'imaginais heureuse. Je l'étais aussi, j'avais un équilibre de vie avec Samuel, on voyageait, on sortait, nous n'étions pas tellement connectés l'un à l'autre mais nous étions dans la vie, dans un mouvement constant de fêtes et d'amis, son restaurant était le point de rencontre. Je m'étais laissé emporter contre ma nature solitaire et secrète, je réussissais à être à deux. L'autre histoire durable avait été celle avec Luc, mon amour de lycée, avec qui j'étais restée un an sans coucher, il m'avait quittée pour une fille qui couche, je l'avais vécu comme une trahison, je pensais que notre amour était indéfectible, dans l'absolu de mes dix-sept ans. L'équilibre avec Samuel était miraculeux.

J'avais gardé cette conversation avec ma sœur pour moi, j'avais tracé des traits tout autour comme des barrières, pour que les mots ne s'échappent pas, mais je m'étais éloignée de l'enclos de ce souvenir-là, je n'y étais pas revenue, je m'en étais parfois approchée mais je l'avais contourné, je n'avais rien cherché en moi. Et nous nous étions éloignées par la force de la géographie, l'océan entre nous, les cinq heures de décalage horaire, quatre en hiver, par nos vies qui évoluaient non pas en parallèle mais comme un delta qui s'ouvrait, alors que nous avions été longtemps si proches ; non seulement nous avions la même racine, la même enfance, mais en plus nous en avions la même perception, de nos richesses, de nos manques et de nos blessures. Dans la plupart des familles c'est ce qui sépare les fratries ; la perception est différente selon le point où l'on se trouve dans le temps et dans l'espace de la famille.

J'ai cru à la géographie, je n'ai pas cherché non plus, c'était facile, mais ce qui nous a séparées me frappe à Venise, en marchant dans le dos de cette fille, pas très grande, fine et musclée, qui occupe un espace considérable, en avançant à la droite du père, sans femme et sans désir, devenu ombre de lui-même – la sexualité. C'est la sexualité qui a éloigné ma sœur de *nous* – mes parents et moi. Cette sexualité qui nous est étrangère la détache, la rend inatteignable, c'est un territoire qui la protège de ce *nous* qui semble normatif, presque vulgaire. Ma sœur n'est pas allée vers l'évidence, en choisissant la peinture – très jeune, de son propre chef –, en allant vers les femmes, en partant pour Rio, en s'y installant sans parler le portugais qu'aujourd'hui elle parle couramment. Elle nous ringardise, j'allais écrire : par son iconoclasme, mais c'est par son intégrité. Elle ne l'a pas fait contre *nous*, c'est son chemin. Elle nous a laissés sur place, mes parents et moi, comme un bloc de terre ce *nous*. Il est vrai que je suis restée proche de mes parents, plus à l'écoute, plus compréhensive sur leurs difficultés amoureuses, en première ligne de leur divorce. Je les ai écoutés tous les deux. J'ai porté ma mère dans sa dépression, je l'ai sauvée du suicide, je suis allée la voir chaque jour à l'hôpital psychiatrique de Dijon, j'ai vu des barreaux nous séparer. C'est toujours à moi que mes parents confiaient leurs difficultés. C'est encore à moi que ma mère et mon père dévoilent aujourd'hui leurs infidélités. Mon père dit Je ne dis rien à ta sœur, elle me fait peur. Sous la douceur de ma sœur, il y a une défense qui peut se lever d'un coup et retomber aussi vite, ma sœur ressemble à une lionne.

Elle n'avait pas répondu au message groupé, il était 13 heures, elle était forcément réveillée. Ce message n'appelait pas de réponse. Ma mère avait répondu : Casanova va reprendre des forces à Venise ! (avec un émoji qui riait en tirant la langue). Ma sœur marquait son désintérêt.

La jeune femme qui marchait devant nous s'est arrêtée devant un restaurant, elle a parlé au serveur qui lui a désigné une table. Elle a dit en français que la professeure avait un peu de retard, qu'elle arriverait dans quinze petites minutes, elle m'a adressé un sourire et s'est éloignée vers le canal, je l'ai regardée monter le pont jusqu'à ce qu'elle disparaisse de l'autre côté. Nous étions presque en face de l'entrée de l'université, Federica Zanna allait arriver par là. Mon père regardait dans le vide. J'eus soudain un sentiment généralisé d'abandon. Mon père n'était plus l'élément solide sur lequel je pouvais m'appuyer, mon mari ne l'avait jamais été, ma mère était dans une affirmation extravagante de son équilibre retrouvé, et ma sœur se tenait loin de la situation.

— Je reviens, papa, je vais passer un coup de fil.

J'allai transférer la charge de ma fatigue, de mon énervement sur ma sœur. Elle répondit presque instantanément. Elle avait donc son téléphone près d'elle.

— Pourquoi tu ne réponds pas ?

— Je te réponds.

— Sur le WhatsApp de la famille. Une réaction, un cœur, un visage qui sourit, n'importe quel émoji débile pour montrer que tu es là, que tu es avec nous, avec moi dans cette galère ! Tu ne crois pas que c'est assez dur déjà !

Elle ne dit rien, son silence, que je sens habité de forces plus grandes qu'elle, me calme.

— Tu penses à quoi ?

— À rien, je suis en train de peindre.

— Tu peins quoi ?

— Un homme perdu dans une forêt avec des arbres qui ressemblent à des femmes nues. J'ai commencé cette peinture il y a déjà plusieurs semaines.

— L'homme ressemble à papa ?

— Non, il a les yeux fermés.

— C'est le père que tu aurais aimé avoir. L'homme qui ferme les yeux au milieu des femmes.

— J'aurais aimé qu'il nous regarde davantage.

— Tu as suivi son regard sur les femmes ! dis-je en riant.

Le silence se fait, je n'entends plus le bruit du pinceau sur la toile.

— Un jour, c'est lui qui a suivi mon regard.

Caitlin, c'était le prénom d'une peintre australienne qui habitait notre village avec Albert, son mari français, qui avait hérité de cette maison familiale. Albert avait été architecte à Paris. Un jour Caitlin avait fait une exposition à la mairie, ma sœur avait été fascinée autant par ses peintures que par cette femme toujours habillée de noir qui venait d'un autre pays. Ma sœur avait tout fait pour se rapprocher d'elle, si bien qu'au tournant de ses dix ans, elle allait chez Caitlin tous les mercredis pour prendre des cours de dessin. C'était une très belle maison ancienne du centre-ville, avec des dépendances et un jardin clos. Notre ferme était près de la forêt, les bourgeois vivaient en ville. Caitlin avait son atelier de peinture dans un jardin d'hiver avec un perroquet en liberté, des objets du monde entier. Puis Caitlin était repartie soudainement en Australie. Ma sœur a beaucoup pleuré mais elle a continué à peindre.

— Il m'accompagnait chez Caitlin pour la séduire. Il l'a séduite. Je comprends aujourd'hui qu'il les a toutes eues. Toutes celles qu'il voulait. Aucune n'a jamais résisté.

— Tu as vu des choses?

— Ils se cachaient à peine pour s'embrasser. Il m'accompagnait pour rester avec elle, elle me laissait seule dans l'atelier, et une heure après je le voyais traverser le jardin. Il me faisait même un petit signe. Et Caitlin réapparaissait, elle me regardait comme si elle était surprise de me voir encore là, que le monde soit le même, et elle se mettait à peindre en chantant en anglais, elle sentait le parfum de papa, et sa voix avait changé. Elle n'était plus celle que j'avais connue. Je me souviens de la première fois où il l'a vraiment regardée. Je me souviens de son regard. Il me l'a volée.

Silence.

— Elle est partie à cause de lui, de leur histoire.

— Comment tu le sais ? je demande.

— Elle avait un carnet dans lequel elle écrivait quand je dessinais. Elle le laissait toujours ouvert. Comme si elle voulait que je le lise. Je l'ai lu. Elle parlait de son amour fou pour papa. Elle l'appelait Mon maître. Elle écrivait qu'il lui avait appris à aimer, à jouir, à respirer, qu'elle ignorait tout avant lui, qu'elle voulait quitter sa vie pour lui. Il lui disait qu'il l'aimait mais qu'il ne quitterait jamais sa femme. Elle écrivait : « je rêve que sa femme meurt ».

— Pourquoi tu ne m'en as jamais parlé ?

— Tu détestais déjà papa, adolescente. Je ne voulais pas alimenter ta haine et ton désespoir. Je ne savais pas de quoi tu étais capable.

— Je suis désolée.

— De quoi ?

— De ne pas avoir vu.

Silence.

— Moi aussi je l'ai vu une fois embrasser Jacqueline Balzan dans la forêt. J'avais oublié. C'est en parlant avec maman que tout m'est revenu.

— Je me souviens du mari qui était venu casser la figure de papa, je n'avais pas compris pourquoi. Nous avons toutes les deux été témoins de ses infidélités à des âges où nous devions être protégées. Je sais que tu m'en veux en ce moment de ne pas être assez présente mais tu attends de moi quelque chose que tu dois trouver en toi.

Je reste silencieuse, je ne veux pas la réponse, je ne veux pas que ma sœur me dépasse en tout, dans une sorte de compréhension généralisée du monde, qui m'englobe. Je ne veux pas être un élément du décor, figé dans un tableau aux couleurs délavées. La singularité de sa peinture est ce qu'elle appelle le « délavement » ; sur la scène primaire vient une pellicule, par une technique dont elle a le secret, qui la dégrade, lui fait perdre son éclat, la fait reculer dans un temps passé, la met à distance, fait douter de sa réalité.

Je regarde mon père, il parle avec une belle femme brune, il sourit. Je le regarde comme si ça n'était pas mon père, comme si j'observais le tableau d'un rendez-vous amoureux. L'homme, cheveux gris, yeux verts, fin, élancé, jean bleu foncé, chemise blanche aux manches roulées sur des avant-bras secs, forts, bronzés, qui savent empoigner, pieds nus dans ses chaussures en toile – des vêtements choisis par sa fille, dans la chambre qui donne sur le Grand Canal, où il pleurait la tête contre la vitre. Dans ses yeux, un éclat encore augmenté par l'humidité qui demeure. La femme, cheveux noirs encadrant un visage ovale très blanc, le regarde avec curiosité dans un sourire de Joconde. Je suis un peu loin pour en mesurer la puissance, mais son regard fait baisser les yeux plusieurs fois à l'homme dans un sourire pour lui-même. Et soudain, comme s'ils avaient senti mon regard, comme si les personnages du tableau avaient cessé de jouer leur rôle, ils se sont tournés vers moi, d'abord lui et puis elle. Et alors l'homme qui m'a faite, aussi familier qu'étranger, tend la main, sa grande et belle main de paysan, qui a tenu la mienne jusqu'à ce que ce ne soit plus possible, et je comprends que la femme qui me sourit est la professeure. Je dis à ma sœur Notre père n'est pas encore mort.

Je m'avance à regret vers le couple que forment mon père et Federica Zanna, j'aurais aimé qu'ils m'aient oubliée, les regarder encore, rester à la surface en imaginant ce qui se joue dessous. Je désire autant que je redoute entrer en scène, depuis toujours.

— Bonjour, Jeanne, nous nous rencontrons enfin !

Elle me serre dans ses bras, elle sent la rose et la cigarette.

— C'est le retour en triomphe de Casanova à Venise, ajoute-t-elle.

— On verra si c'est le triomphe, Casanova fait toujours le contraire de ce qu'on attend de lui. Et il préfère partir que triompher.

Je regarde les grandes dents blanches de Federica Zanna, l'éclat dans ses yeux sombres, ses pommettes hautes, elle me rappelle un visage connu. Je fais l'inventaire des visages dans ma mémoire, quand j'épuise ceux que je connais, je bute sur un espace qui s'élève comme un mur. Je regarde mon père comme s'il pouvait m'aider à traverser cet espace, comme si le visage se trouvait dans l'enfance ou dans l'adolescence. Je fais défiler les visages de ses maîtresses, celles nommées par ma mère et qui étaient dans le paysage de ma jeunesse, cinq visages qui ne se ressemblent pas, cinq corps différents, qui ont pour seul point commun d'avoir été investis, touchés, pénétrés par mon père. Celui que je recherche n'est pas là, c'est un visage qui m'appartient et qui se cache dans les plis de ma mémoire, dans les profondeurs obscures où l'on pense qu'aucune vie n'existe, là où notre regard ne porte pas. Il est vertigineux d'imaginer qu'il y a des zones à l'intérieur de notre cerveau auxquelles nous n'avons pas accès, contraire à la vision souveraine que nous avons de nous-mêmes. Que nous soyons glorieux ou anéantis, nous préférons être les maîtres ou les victimes du monde extérieur mais en aucun cas d'une part intérieure de nous-même qui nous échappe, ça serait la folie. Je ne suis pas folle, je ne peux pas m'autoriser à l'être, je dois atteindre ce visage. Federica Zanna me parle, elle a une voix grave qui semble prendre naissance dans sa caverne nasale.

— Est-ce que vous voulez goûter l'Orto di Venezia ? C'est un vin blanc produit par un Français à Sant'Erasmo, l'une des îles de la lagune.

— Ils sont partout, ces Français ! dit mon père avec – je cherche le mot – ardeur.

Cette ardeur qui m'a tant gênée plus jeune, je prie pour qu'elle renaisse, je promets qu'elle ne me fera plus jamais honte. J'entends une église, c'est un signe, je pourrais prier beaucoup, il y a des églises partout dans Venise. Mon père ne sait pas vivre autrement. Il a oublié sa peine, il fait son sourire américain à la professeure, il est de tous les continents, comme Casanova.

— Alors on va goûter ce vin franco-italien pour sceller notre amitié, dis-je.

— Est-ce que voulez aussi partager les spécialités vénitiennes d'antipasti ? Les *salvia fritta*, les beignets de feuilles de sauge, la *frittata di erbe*, l'omelette aux herbes...

— Oui, je veux bien goûter aussi la *baccalà fritto*, c'est une spécialité vénitienne n'est-ce pas ? je demande.

— Oui, bien sûr, mais pas pour moi, je suis végétarienne, dit-elle.

Je repense à son rire lorsque j'ai dit que je n'étais pas végétarienne, que je ne pouvais pas avoir tous les défauts. Je sens que je rougis mais il me semble maladroit d'y revenir comme de chercher à l'annuler.

— Papa, tu veux goûter la *baccalà*, la morue ?

— Non, je suis d'accord pour faire un déjeuner végétarien. Ma fille ne vous a peut-être pas dit mais je suis agriculteur. Aujourd'hui je n'exploite plus mes terres moi-même mais j'ai un grand potager où je cultive des aubergines, des courgettes, des tomates, des asperges, des artichauts...

— Ici on cultive les artichauts violets, justement à Sant'Erasmo, qu'on appelle le potager de Venise, dit-elle.

— Ah oui, je pourrais planter des artichauts violets dans mon jardin ! J'ai aussi une sauge excellente et j'ai un verger avec des arbres fruitiers. Il faudrait venir nous voir en Bourgogne.

— Mais oui avec plaisir, je ne connais pas la Bourgogne, enfin je me régale des vins bien sûr !

Nous trinquons, mon père se pâme à la première gorgée, j'avale d'un coup un bon quart de mon verre, c'est un vin très minéral, un vin de mer d'une île que j'imagine ouverte à tous les vents, d'une île qui affleure à peine, qui n'est pas seulement une île qui se déplie dans le hublot d'un avion, qui un jour sera engloutie, bien après nous, mais qui aujourd'hui est le lien à la terre, le *backstage*, les coulisses du théâtre de Venise, là où il y a des mariages, des enterrements, des paysans et des enfants. Je veux voir la vie, la vraie, matérielle. Je veux découvrir d'autres pays pour me déporter de ma propre vie.

Ce qui me fascine dans les voyages, hors des itinéraires balisés, des quartiers dédiés aux touristes, du tout inclus, des traducteurs instantanés, c'est le rapport à l'inconnu, l'apprentissage, le tâtonnement, la maladresse, l'ignorance et l'effort du langage, la peur et la tentation de se perdre, la butée sur l'impossible et la fenêtre ouverte à tous les possibles, à une vie neuve. Le voyage, c'est l'enfance retrouvée.

Ce qui me fascine dans les villes, ce sont leurs rouages, ce qui circule en souterrain, l'eau potable, l'eau usée, les déchets, les fumées qui s'échappent des toits, les silhouettes qui se découpent dans les cuisines des maisons, le fonctionnement – la fonction de chaque chose, fruit de la pensée et de la construction humaine; les usages, les habitudes, les règles qui ordonnent la vie en société; comment les habitants vivent, se déplacent, l'heure du premier café, du déjeuner, de l'apéritif, est-ce qu'on boit vraiment du spritz à Venise; ce qu'on vend dans les boutiques, dans les supermarchés – je crains de retrouver partout les mêmes choses, l'uniformisation du monde –, leurs horaires, les coupures à l'heure du déjeuner; l'intérieur des maisons, les écoliers qui courent avec leurs cartables – vers quoi courent-ils – les jardins d'enfants, les balbutiements du langage, les étudiants et leurs cartons à dessins; comment on grandit à Venise, est-ce qu'on rêve d'ailleurs, bien sûr, les endroits où l'on se baigne dans la mer qui est là tout autour ; les marchés, comment arrivent tous ces produits au cœur des villes, l'acheminement postal ; le sport, j'y reviens, c'est important car c'est la manière dont le corps occupe l'espace, comment il se déploie dans la ville, comment l'homme reprend ses droits, avec son sang et sa sueur, entre les immeubles plus hauts que lui, les pierres qui le précèdent et lui survivront.

— Est-ce qu'il y a un vaporetto pour Sant'Erasmo ?

— Oui c'est la ligne 13. Il y a même une petite plage pour la baignade. Je connais très bien. Mes grands-parents maternels vivaient à Sant'Erasmo, mon grand-père était pêcheur. J'ai passé mes étés entre les îles sur son bateau.

— Vous êtes vénitienne ? demande mon père.

— *Assolutamente*. Une vraie Vénitienne. Comme Casanova. Je ne suis pas plus noble que lui ! La famille de ma mère est de Sant'Elena, le quartier tout à la pointe de l'île, après les Giardini della Biennale. Ils étaient luthiers près de la piazza San Marco. Mes parents ont repris la boutique maternelle.

— Vous parlez très bien, vous connaissez même le mot luthier, dit mon père d'une voix doucereuse.

— J'ai appris le français à l'école et j'ai vécu deux ans à Paris. Je vivais à côté d'un luthier.

— Vous connaissez Venise ? demande-t-elle à mon père.

Je regarde mon père, je connais son regard, son sourire, sa façon de lever un peu la tête pour encourager l'autre à parler, sa voix qui change, qui devient tendre. Il rougit même comme un adolescent.

— Non, c'est ma première fois.

— Et quelle est votre première impression ?

— Quelque chose s'est allégé devant tant de beauté, dit-il.

Il balaie de sa main droite l'espace tout autour et la pointe, paume ouverte, vers la professeure.

Elle éclate de rire, je ne peux m'empêcher de sourire. Il devrait s'arrêter là mais il reprend. Je ne le coupe pas, puisqu'il reprend vie – j'ai l'image de lui en slip sur le canapé du salon – puisqu'elle l'écoute, puisqu'il lui plaît déjà, puisque je suis mise sur la touche de cette conversation, de ma propre vie ; je suis ramenée à mon statut de fille, je n'ai plus la parole. Je l'ai tant vu faire, tant attendu alors qu'il parlait avec des femmes, je ne m'éloignais jamais de lui, je sentais le danger pour ma mère, pour notre cellule familiale, je veillais.

Enfant je ne comprenais pas tout mais j'écoutais les vibrations des voix comme on écoute la fréquence des ondes électromagnétiques et quand je sentais une trop grande intensité, je lui tirais la main, je devenais infernale. Une fois il m'a giflée devant la femme qui tenait le magasin de la coopérative, j'étais allée m'asseoir contre un mur, je les regardais, je me souviens nettement, je n'avais pas plus de sept ans pourtant, d'avoir souhaité que cette femme meure. Elle m'avait donné une sucette que j'avais jetée par terre. Peu après elle était morte écrasée par une machine agricole, j'avais regretté mon vœu, j'avais eu peur de moi, mon père l'avait annoncé à table des larmes dans les yeux, ma mère avait baissé la tête.

Est-ce qu'elle faisait les mêmes prières, est-ce qu'elle priait pour que toutes les femmes de la ville disparaissent, elle qui était coiffeuse pour dames, qui coiffait sans doute des maîtresses de mon père, sans le savoir, ou en le sachant très bien, des ciseaux dans les mains, les yeux dans leurs yeux dans le miroir ? Elle s'était levée pour entourer mon père de ses bras, j'avais pensé : je ne comprendrais jamais les adultes, et aussi que c'était moi qui avais les mauvaises pensées, que ma mère n'avait jamais pensé à la mort de cette femme et des autres femmes, qu'elle n'en voulait même pas à mon père de regarder les femmes, qu'elle lui pardonnait toujours, que ma mère était bonne et que le diable logeait en moi.

— Je traverse une période un peu mouvementée, dit-il.

Le serveur pose les antipasti sur la table, la professeure présente les plats, je regarde mon père, curieuse de savoir comment il va parler de son histoire.

— Je suis séparée de ma compagne avec qui j'étais depuis quinze ans. C'est toujours des moments compliqués même si on a l'impression d'être arrivé au bout de l'histoire. J'imagine que vous avez connu des séparations.

Elle sourit sans répondre. Mon père avale un beignet de sauge en une bouchée, totalement ragaillardi.

— C'est bon mais c'est chaud, dit-il la bouche pleine. C'est pourquoi ma fille m'a gentiment proposé de l'accompagner à Venise, pour me changer les idées. J'ai un peu hésité parce que je ne voulais pas l'embarrasser...

— Tu n'as pas hésité beaucoup !

— Vous avez bien eu raison d'accepter. Venise, avec tous ses rivages, emmène très loin. Quel est votre programme pour ces trois jours ?

Cette fois, c'est à moi qu'elle s'adresse, c'est moi qu'elle regarde. Mon père me regarde aussi. Je suis la fille de mon père, à laquelle on fait semblant de s'intéresser. Le soleil a tourné, il rayonne dans ses yeux bruns, j'ai du mal à soutenir son regard. Je suis une élève, je ne suis plus une professeure, tout me semble trop grand. Je ne réponds pas, ils attendent, je pose une question pour prendre appui.

— Est-ce que nous allons toujours à la Biennale toutes les deux ?

— Bien sûr, si cela vous dit toujours, répond-elle.

— Oui, avec plaisir ! Et avant nous allons marcher dans les pas de Casanova : l'église San Samuele, le palais Malipiero, la prison du palais des Doges, Murano.

— Mais vous connaissez par cœur j'imagine !

— C'est une sorte de parcours touristique pour mon père. Et puis j'ai besoin de m'imprégner avant la conférence, de sentir sa présence.

— Est-ce qu'il s'est déjà manifesté à vous ?

Je reste silencieuse.

— Je vous pose la question parce que j'ai vu Stendhal. Au cimetière de Montmartre où il est enterré. J'étais très jeune, je vivais à Paris sans travailler, sans étudier, je rêvais de devenir écrivain, écrivaine on dit maintenant. En italien, écrivain s'est toujours décliné au féminin, nous sommes beaucoup plus féministes que vous, désolée, dit-elle en riant. J'avais lu *Le Rouge et le Noir* en français, je voulais être Julien Sorel, je rêvais d'ascension sociale et de grand amour, je m'imaginais une filiation avec Stendhal par son amour de l'Italie. J'ai lu ce qui était gravé dans le marbre de sa tombe : *Arrigo Beyle Milanese Scrisse Amò Visse*. Ça signifie (elle s'adresse à mon père) : Henri Beyle, Milanais, il écrivit, il aima, il vécut. Stendhal était un mystificateur, il aimait s'inventer d'autres noms, d'autres vies, dit-elle encore à mon père. Arrigo, c'était le prénom de mon père qui venait de mourir accidentellement, il était tombé d'un vaporetto, il ne savait pas nager, j'adorais mon père, j'avais fui Venise en pensant fuir mon désespoir, et je découvre son prénom sur la tombe de Stendhal. Je suis si surprise que je m'assieds sur sa tombe, je ferme les yeux et quand je les rouvre, je le vois debout devant moi avec son collier de barbe et son grand manteau noir qui me dit : *Scriverai, amerai, vivrai*. Tu écriras, tu aimeras, tu vivras. Et il disparut. Ce fut comme une révélation. J'ai commencé à faire toutes les recherches sur lui, à parcourir ses lieux à Paris, comme vous l'avez fait à Venise pour Casanova, à parcourir l'Italie dans ses pas. Je voulais étudier la littérature et tout connaître de l'œuvre et de la vie de Stendhal. Je me suis inscrite à la Sorbonne.

— Je ne savais pas.

— Je n'en parle jamais parce que je n'ai pas terminé l'année. Je suis rentrée à Venise et à la rentrée suivante, je me suis inscrite en lettres dans cette université où je suis professeure aujourd'hui. Je ne sais pas pourquoi je vous raconte cette histoire que je n'ai jamais racontée pour ne pas passer pour une folle, ça doit être le vin français de Sant'Erasmo.

— C'est parce que je vous parlais de la présence de Casanova. Secret pour secret, Casanova a fait son apparition il y a quelques semaines dans ma chambre : il était assis au bout de mon lit, il me souriait. Donc nous sommes deux folles ou bien les fantômes existent.

— On le mérite bien ! s'exclame-t-elle.

Je la regarde sans comprendre.

— Qu'ils nous rendent visite ces deux hommes à qui l'on consacre une grande part de nos vies !

7

Nous marchons dans une ruelle étroite, déserte, le silence est total. Je cherche la maison où Casanova vit le jour. Le 2 avril, on peut imaginer un jour de printemps radieux mais dans cette ruelle si étroite le soleil ne pénètre jamais à l'intérieur des maisons. Au bout de la rue, sous son nom – « Calle Malipiero » – une plaque en marbre où est écrit :

In una casa de questa calle
Gia calle della Commedia
Nacque il 2 aprile 1725
GIACOMO CASANOVA

« Dans une maison de cette rue », sans autre précision. L'adresse exacte, le 2993 de la rue de la Comédie, n'existe plus, la rue de la Comédie n'existe plus, comme si après avoir façonné un tel destin – fils de comédien qui ne jouera pas sur les planches, qui fera de la vie un théâtre – elle n'avait plus de raison d'être, comme si Casanova avait absorbé toute sa substance.

Je cherche des traces dans cette rue comme un couloir, trop étroite pour lui, rien, ni trace, ni manifestation – il ne peut être dans ma chambre à Paris et dans la rue de son enfance ! Je ne ressens aucune émotion. Peut-être parce qu'il n'a jamais évoqué son enfance avec émotion, il dit dans ses Mémoires n'avoir aucun souvenir de ses huit premières années. Il date précisément son premier souvenir d'août 1733 :

> J'étais debout au coin d'une chambre, courbé vers le mur, soutenant ma tête, et tenant les yeux fixés sur le sang, qui ruisselait par terre sortant copieusement de mon nez. Marzia, ma grand-mère, dont j'étais le bien-aimé, vint à moi, me lava le visage avec de l'eau fraîche, et à l'insu de toute la maison me fit monter avec elle dans une gondole, et me mena à Muran. C'est une île très peuplée distante de Venise une demi-heure.
>
> Descendant de gondole, nous entrons dans un taudis, où nous trouvons une vieille femme assise sur un grabat, tenant entre ses bras un chat noir, et en ayant cinq ou six autres autour d'elle. C'était une sorcière.

Une sorcière de Murano, qui après « cent caresses, me déshabille, me met sur le lit, brûle des drogues, en ramasse la fumée dans un drap, m'y emmaillotte, me récite des conjurations... », lui annonce la visite d'une femme dans sa chambre pendant la nuit, qu'il devra garder secrète sous peine de mort, Casanova délivré de ses hémorragies par les femmes, son premier souvenir.

Et alors que ses parents pensent « mon existence passagère. Mon père et ma mère ne me parlaient jamais », sa mémoire se développe, sa constitution se renforce. Mais comédiens toujours sur les routes d'Europe, ils le placent dans une pension sordide à Padoue. C'est encore sa grand-mère, Marzia, qui le sauve en le déplaçant dans la pension du docteur Gozzi, dont il va devenir l'élève favori et à qui le docteur va enseigner tout ce qu'il sait. Casanova reviendra instruit, l'esprit vif, et éblouira sa mère lors d'un dîner où il montre son agilité intellectuelle :

> Ce fut mon premier exploit littéraire, et je peux dire que ce fut dans ce moment-là qu'on sema dans mon âme l'amour de la gloire qui dépend de la littérature, car les applaudissements me mirent aux faîtes du bonheur.

Ce sont ses premiers éclats, c'est une deuxième naissance à Venise, à l'âge de dix ans.

Nous regardons le palais Malipiero, où Casanova fut un temps le protégé de la maison du sénateur Malipiero. Après Padoue, après des études de droit, Casanova revient à Venise et s'oriente vers une carrière ecclésiastique, à l'initiative de Marzia, encore. Nous nous tournons vers l'église San Samuele, avec son grand campanile pointu dressé vers le ciel, où Casanova fut donc abbé. Après un premier sermon remarqué, où il se voit déjà comme « le premier prédicateur du siècle », il doit renoncer bien vite à sa fonction après avoir prononcé un autre sermon en état d'ivresse. Le sénateur Malipiero, sous le charme du jeune homme, ne dément pas pour autant sa protection. Il lui ouvre toutes les portes, le présente aux puissants, lui enseigne lui aussi tout ce qu'il sait, lui assure une protection morale et financière, lui porte une affection filiale ; protection, affection auxquelles Casanova mit fin lui-même en séduisant la jeune Thérèse Imer dont le vieux sénateur était amoureux.

Tout au long de sa vie, Casanova eut des pères d'adoption, finalement toujours trompés, ridiculisés, moqués, annulés. Comme le père, le vrai, à qui il vole dans son atelier d'optique et de mécanique un cristal, et le glisse dans la poche de son jeune frère. Le père punit le frère, Casanova, le coupable, en sort victorieux, l'autorité paternelle est mise en échec. Le père meurt six semaines plus tard, alors que Casanova n'a que huit ans. Casanova fait le lien comme s'il l'avait tué. Dans ses Mémoires, le chapitre est intitulé « Je vole un cristal. Mort de mon père », pour le symbole car il reconnaît qu'il n'est pour rien dans sa mort. Il s'agit en réalité d'une infection pulmonaire mal soignée par un médecin incompétent.

Faillite de l'autorité paternelle, nullité du médecin, à l'inverse de la beauté et de la liberté de la mère, du talent de la sorcière de Murano, de l'intelligence de la grand-mère.

La puissance est indéniablement du côté des femmes chez Casanova. Les hommes sont des bouffons, Casanova est le plus grand des bouffons, il ne vit que pour le spectacle, il est constamment en représentation. Sans les femmes, sans leur regard, Casanova n'est rien. Quand il perdra leur regard, il préférera se retirer du monde, s'entourer de livres, bibliothécaire dans un obscur château de Bohême, revivre son histoire en l'écrivant plutôt que de vivre en homme moyen. Le grand monde, la débauche, puis l'ermitage, la sobriété.

Casanova sait séduire, sait prendre la première place dans les cœurs, c'est un besoin, c'est son existence qui en dépend – il a dû conquérir le cœur de sa mère – il n'aime pas rompre, il ne veut pas pleurer, être pleuré, blesser, être blessé par la rupture, vivre de regrets, il entre avec éclats, et s'en va à pas feutrés, non sans avoir préparé celle dont il s'éloigne, qu'il a aimée, qu'il a désirée – parce qu'il aime, parce qu'il désire – parce qu'il ne veut pas d'un lien qu'il défait à mesure qu'il se tisse, parce qu'il ne veut que l'insouciance et la liberté. Il n'est pas un séducteur froid et cruel. Il n'est pas Don Juan, il n'est pas non plus Valmont dans le duo sadique qu'il forme avec la comtesse de Merteuil et qui me fait frissonner quand je lis *Les Liaisons dangereuses*, jeune, quand je vois le film avec John Malkovich et Glenn Close. C'était avant la fête d'anniversaire de mon père, avant de tourner autour des Mémoires de Casanova, avant de l'emporter dans ma chambre comme on vole le feu au risque de se brûler et avec la conscience de tenir l'essence de quelque chose, et d'être alors entraînée par des pensées contraires : on peut avoir une vie d'aventures sans trahir, on peut quitter sans blesser, on peut utiliser son intelligence pour de bonnes actions, on peut aimer sans souffrir (à l'état théorique longtemps encore), la joie n'est pas idiote, la candeur peut demeurer et elle est même une vertu (on découvre sa valeur chez les autres quand on l'a perdue soi-même), on peut être multiple sans être fou, les genres et les identités sont flous, le pouvoir n'est pas forcément du côté du masculin.

Nous sommes toujours sur ce Campo San Samuele, ouvrant sur le Grand Canal près du palais Malipiero, peut-être moins imposant que le Palazzo Grassi qui lui fait face, mais encore plus beau avec son architecture byzantine et son jardin à l'italienne.

Un vent chaud rabat mes cheveux sur mon visage, dresse ceux un peu longs de mon père sur sa tête ; mêlé de sable et d'embrun il nous pousse à l'intérieur du Palazzo Grassi, où il y a une exposition de Marlene Dumas.

Nous regardons le hall du musée, atrium dépouillé, mon père voit son reflet dans une vitre.

— Je n'ai plus Sylvie pour me couper les cheveux.

Ses yeux verts se remplissent de larmes.

— Et si on allait voir l'expo, dis-je gaiement, serrant son bras nu dans ma main, le secouant presque, l'entraînant vers le guichet sans file d'attente.

En montant l'escalier, je dis, pour dire quelque chose, pour le distraire de sa tristesse, que je ne connais pas cette artiste, Marlene Dumas, qui doit être importante pour avoir une exposition monographique au Palazzo Grassi. Nous lisons la biographie écrite à l'entrée de la première salle, elle est née en Afrique du Sud, au Cap. C'est le premier voyage que nous avons fait avec Samuel au début de notre histoire. Il y avait une promotion pour les vols à destination du Cap. C'était l'été en février, le ciel était d'un bleu métallique, avec parfois une bande de nuage qui stagnait sur la Table Mountain, l'océan brûlait tant il était glacé, nous avions vu des phoques et des pingouins, nous logions dans un appartement dans le quartier de Camps Bay avec la promenade et la plage en contrebas. Sur les photos nous sommes radieux, enlacés parfois, je n'ai aucun souvenir de nos étreintes. Nous avions suivi la route côtière jusqu'au cap de Bonne-Espérance, j'avais été saisie par la beauté monumentale des paysages, nous avions pris un cours d'initiation au surf à Muizenberg où nous avions logé dans une auberge de surfeurs, et nous avions roulé jusqu'au point le plus au sud du continent africain, dont les paysages ressemblent à la Bretagne. Je me souviens d'avoir pensé en regardant l'océan qu'après il n'y avait plus rien, plus de terre avant l'Antarctique, qui n'était pas terre mais glace, je me souviens d'avoir éprouvé une peur d'être aux confins du monde. Puis nous avions repris la route à l'intérieur des terres jusqu'à Franschhoek où nous avions dormi dans un ranch rempli d'animaux empaillés. Je me souviens de ma pensée que la terre rouge était gorgée de sang, de la brutalité des hommes, je me souviens des ciels roses le soir, du sentiment de ma liberté au contact de ces grands espaces et de ma sécurité dans les bras de Samuel.

Nous sommes dans une grande salle au plafond couvert de fresques anciennes face à la toile d'une femme aux jambes rouges, écartées, qui semble extraire ou enfoncer un gros objet dans son sexe. Comme tous les enfants, j'ai du mal à affronter la représentation de la sexualité en présence de mes parents. La peinture outrancière, débordante, pourrait faire écran au réel mais au contraire par le trash, elle me ramène à la sexualité de mon père, à la conversation avec ma sœur, à ses mots – « l'hypersexualité de notre père vécue comme une invasion », – au territoire mystérieux, mythifié de la sexualité des autres, au néant de ma propre sexualité.

La dernière fois que nous avons fait l'amour avec Samuel, c'était le 1er janvier, en rentrant de la fête du nouvel an chez des amis, nous étions ivres ; au lit avant d'éteindre la lumière, je le lui avais proposé pour bien commencer l'année, ce fut bref et mécanique et il se serra contre moi en cuillère et me promit plus de sexe pour 2023. Nous sommes en juillet et il n'y a pas encore eu de deuxième fois. Mais la tendresse demeure.

Nous regardons la peinture en noir et blanc, comme une radiographie, d'un couple sans visage qui danse, nous traversons de grandes salles presque désertes, un gros plan sur le visage d'une femme qui crie, une femme presque entièrement immergée dans l'eau, une série de portraits au crayon parmi lesquels il y a Rimbaud dont la photographie, la seule connue du jeune poète, est accrochée dans ma chambre depuis mon adolescence.

En redescendant le grand escalier, je pense à Alicia qui récitait des poèmes de Rimbaud à la fenêtre de notre appartement, pour que la poésie se diffuse dans l'air.

Nous reprenons notre marche, nous trouvons la calle Nani où Casanova perdit sa virginité à seize ans avec deux sœurs Nanette et Marton, nous nous perdons dans le dédale des ruelles, nous doublons des touristes en file indienne avec des casquettes identiques ou des petits drapeaux, nous prenons le vaporetto pour Murano. Je reçois un message de la professeure qui propose un *aperitivo* et une pizza à la cafétéria de la plage à Sant'Erasmo, elle précise qu'il y a un vaporetto direct de Murano, je lis le message à mon père.

— Bien sûr que nous acceptons ! Mais j'aimerais changer de chemise.

— On ne va pas repasser à l'hôtel pour que tu changes de chemise !

— Je ne vais pas me présenter avec la même chemise, et il fait chaud, je transpire. Je transpire beaucoup plus avec mon traitement.

Mon père vit avec une leucémie, sans doute causée par l'usage intensif des traitements phytosanitaires dans son métier d'agriculteur. La maladie est tapie en lui, maintenue à l'état de veille par le médicament qu'il prend au quotidien.

— Ça ne se voit pas, on ne va pas repasser à l'hôtel pour une chemise !

— Si, je veux une autre chemise !

— Non !

Ses yeux se remplissent de larmes.

— Je suis modifié, la sueur, l'odeur, non pas que je sente mauvais mais mon odeur est différente, je ne la reconnais plus, Sylvie disait Tu es sucré maintenant. Chaque fois, je pensais aux betteraves que je cultivais, aux traitements (c'est le même mot, traitement, pour ce qui rend malade et qui guérit, ce sont les mêmes fabricants) que je répandais, fenêtre du tracteur ouverte. C'était l'époque où elle m'aimait, où elle léchait ma peau. Même la nature de mes cheveux a changé. Ils sont plus souples, plus abondants.

— Ils sont beaux, tes cheveux, tu es beau, papa, je le vois dans le regard des femmes, de la professeure.

— Ah oui, tu crois que je lui plais ?

— Tu sais que tu lui plais. Je vous ai vus pendant que je téléphonais.

— Qu'est-ce que tu as vu ?

— Vos sourires, vos regards.

— Et à qui tu téléphonais ?

— À Samuel.

Je mens pour ne pas parler de ma conversation avec ma sœur.

— Pendant le déjeuner, je tenais la chandelle. Et là elle propose de nous emmener sur son île d'enfance. Ça n'est pas pour parler littérature !

— Elle veut voir Casanova, le vrai ! s'exclame-t-il.

— Les femmes devraient fuir mais elles affluent. Ton cinéma, on le voit à des kilomètres.

— Parce que tu es ma fille. Et c'est pas du cinéma, je ne joue pas un rôle, je suis un grand amoureux.

— Tu joues.

— Comme tous les amoureux. Je suis tendre aussi. C'est ton héritage.

— Non, je refuse cette part d'héritage. J'ai choisi un mari fidèle et sérieux.

— Il n'est pas intéressé par le sexe, il n'a pas de mérite.

— Je n'aurais jamais dû te dire ça. Et ça n'est pas vrai.

Il est sorti avec beaucoup de femmes avant moi. Au début de notre histoire, il me disait même qu'il était dégoûté par le sexe.

— Je ne peux pas comprendre.

— Ça m'a rassurée.

Les mots de ma sœur ressurgissent : « Tu as peur du sexe. » Est-ce que j'ai peur du sexe ? Est-ce que ma peur, si elle existe, est liée à mon père ?

Je ne sais pas répondre à ces questions.

On regarde Murano qui approche.

— Tu crois qu'elle est célibataire, la professeure ?

— Elle n'a parlé ni de mari ni d'enfant.

— C'est étonnant quand même, une belle femme comme ça, dit-il.

— On ne sait pas, elle est restée silencieuse quand tu as parlé de séparation, dis-je.

— Elle a souri.

— Ça ne veut rien dire, dis-je.

— Ça veut dire qu'elle connaît.

— À cinquante ans, j'espère pour elle, dis-je en riant.

Je peux rire, j'ai mis deux ans à me remettre de la séparation d'avec Luc, deux fois la durée de l'histoire. La douleur n'existe plus, ça me semble loin aujourd'hui dans cette autre vie avec Samuel et Maya. J'ai retrouvé Luc à l'enterrement d'un ami commun il y a un an au crématorium de Dijon, je ne l'avais jamais revu, il m'a demandé comment ça allait, j'ai dit Bien, en pensant à mon enfant, à mon travail, à Samuel, je n'ai rien trouvé d'autre, je n'ai pas retourné la question, nous n'avions rien à nous dire, je l'avais reconnu au premier regard bien sûr, il semblait porter le même blouson qu'à l'époque, mais il était comme un étranger; ce qu'il était devenu m'indifférait, alors que je l'avais aimé follement, alors que le monde m'avait semblé si vide lorsqu'il m'avait quittée. Alors que j'avais pensé au suicide, jamais sérieusement, mais comme à une possibilité. Ma mère avait essayé de le faire, sa sœur Mado s'était pendue, sa mère et l'un de ses frères s'étaient détruits à l'alcool; c'était une option, c'était dans l'ADN de la famille. Nous enterrions d'ailleurs un ami qui s'était suicidé. Il était chasseur, il avait pris son fusil, il était allé dans la forêt, c'était son fils aîné qui l'avait trouvé.

Comme j'avais trouvé ma mère sur son lit, j'étais arrivée à temps, elle respirait encore.

Même Casanova est traversé par l'idée du suicide : lorsqu'il veut épouser la jeune C.C., Caterina Capretta, que son père lui refuse sa main et qu'il est séparé d'elle, et il tentera de se suicider à Londres, amoureux humilié, éconduit par une prostituée célèbre, la Charpillon. Il a été sauvé aussi. De cette expérience, il tire une réflexion, *Discours sur le suicide*, écrit en italien, dans sa langue maternelle, où il réfléchit à la mort volontaire comme expression, ou illusion de la liberté.

— Elle a cinquante ans? demande mon père.
— C'est ce que j'ai lu.
— J'aurais dit un peu plus.

— C'est pour la rapprocher de toi ! Vous avez vingt ans d'écart.

— Dix-neuf. Tu as vu la couleur de ses yeux ?

— Marron.

— Avec des éclats jaunes. Elle a des yeux incroyables ! Je veux changer de chemise !

— Arrête avec cette chemise ! On est à côté de Sant'-Erasmo, on ne va pas retourner à l'hôtel, ce qui va nous prendre au minimum une heure et demie, pour une chemise !

Il garde le silence, je pense l'avoir convaincu, nous descendons du vaporetto, je regarde le plan sur mon téléphone, je choisis de m'engager à l'intérieur des rues. Il n'y a personne. Nous arrivons dans une sorte d'espace nu avec un petit canal et des bateaux bâchés, un terrain de foot, des petits jardins clôturés avec des parasols colorés et des chaises en plastique, des maisons sur un étage en préfabriqué avec des toits en tôle, des hangars à bateaux, des jeux pour enfants sans enfant, et puis le cimetière d'un autre temps, de celui de Casanova, et ses tombeaux majestueux ombragés de grands arbres. Nous longeons l'eau jaune et plate dans la forte chaleur de l'après-midi, jusqu'au portique de pierres et de briques surmonté d'un bas-relief figurant l'Annonciation.

La grille est ouverte, nous passons le portique et nous nous trouvons face à l'église romane Santa Maria degli Angeli, fermée, entourée d'herbe grillée, nous longeons le mur d'enceinte de l'ancien couvent. Dans le mur, une petite porte en bois donne sur un jardin à l'abandon. Je raconte à mon père comment Casanova, alors dans l'ardeur de ses vingt-huit ans, rejoignait le parloir du couvent, par cette porte peut-être, en courbant son corps plus haut, passant sous ce grand olivier s'il existait, pour parler en secret avec la jeune C.C., deux fois plus jeune que lui, enfermée au couvent par ses parents, pour l'éloigner de lui, l'impétueux, qui pourtant avait repoussé son désir pour préserver sa pureté jusqu'à leur mariage, refusé par le père.

C.C. lui avait décrit comment M.M., Marina Morosini, héritière d'une grande famille vénitienne – « la plus belle de toutes les religieuses du couvent » – l'avait initiée à la langue française et au plaisir charnel. Et alors si fou que cela soit, la réalité dépassant toujours l'imagination de Casanova, comme si le désir appelait le désir, comme si le monde s'ouvrait à ceux qui le désiraient le plus, M.M. avait écrit à Casanova pour initier un ballet amoureux, sans que C.C. en sache rien. Après lui avoir résisté, pour le plus grand plaisir de Casanova, elle se livre à lui. Elle corrompt ses surveillantes pour sortir, de nuit, masquée, sur une gondole et rejoindre Casanova au *casin* ou *casino* (garçonnière) de la Fondamenta Sebastiano Santi où nous nous transportons, après une longue marche.

On peut maintenant grâce à Internet se déplacer dans une ville sans bouger de son canapé, mais manquera toujours l'effort, et le vide, et la solitude et le sentiment d'égarement.

Nous longeons la Fondamenta, nous nous arrêtons devant la grille d'un palais fastueux, au numéro 23 – mon chiffre, celui de mon jour de naissance. Sur l'un des piliers de la porte, il y a un interphone en marbre sur lequel est écrit « Arcangeli Nason », des anges encore dans ce nom, ça ne peut être que l'ancien casin du cardinal de Bernis, dont M.M. était la maîtresse.

Nous nous asseyons à l'ombre en terrasse d'une cafétéria et je commande une grande bouteille d'eau gazeuse. Je raconte le libertinage de Casanova, mon père, un sourire aux lèvres, a les yeux dans le vague. Il pense sans doute à ses aventures, à son passé comme à une grande maison avec des pièces et des alcôves, où se tiennent ses maîtresses, et lorsqu'il y porte son regard, la pièce s'anime, les scènes du passé se rejouent ; il regarde en spectateur le film de sa vie.

— Il faudrait quand même que je lise ses Mémoires.

— Tu avais commencé à les lire.

— Ah bon ?

— C'est Jean-Marie qui t'avait offert les trois volumes pour tes quarante-cinq ans. Tu t'es arrêté à la page soixante-sept du tome un du volume un, *Le curé me coupe les cheveux*, sans doute déçu par le manque d'érotisme. Tu t'es arrêté à ses quinze ans, il fallait persévérer un peu. L'affaire avec les deux religieuses est dans le tome trois, environ à la huit centième page !

— Aucun souvenir. Sacré Jean-Marie ! Il me manque quand même.

— Tu as des nouvelles ?

— On s'appelle une fois par an pour la nouvelle année.

— Tu pourrais aller le voir, ça n'est pas si loin la Guadeloupe.

— Sylvie ne l'aimait pas tellement.

— Maintenant qu'il n'y a plus Sylvie.

Je lui souris, j'ai peur qu'il pleure.

— C'était ton grand copain d'enfance.

— Oui, on a tout découvert ensemble. Nos premières fois...

— C'était qui la première ?

— Oh, je ne me souviens plus, il y en a eu tellement.

— Quand même, papa, la première !

Il réfléchit.

— C'était une femme bien plus âgée, qui venait chercher le lait à la ferme. J'avais quatorze ans, j'étais en pension au lycée agricole. Je revenais chez mes parents pour les vacances. Elle devait en avoir trente-cinq. Très belle. Toujours très sexy dans ses blouses de laitière.

— Comment ça s'est fait ?

— C'est elle qui un matin, en venant chercher les bidons de lait dans la réserve, a glissé sa main dans mon pantalon, ma mère était dans l'écurie avec les vaches.

— Comme ça, sans préambule ?

— Oui, je n'en revenais pas, j'étais si jeune, mal dans ma peau. Chaque matin, elle recommençait et elle me donnait aussi rendez-vous l'après-midi dans sa laiterie. Ça a duré quelques mois et puis le mari, qui était très jaloux, a débarqué un matin à la ferme. Il nous a surpris. Il a fait une énorme scène à sa femme sous les yeux de mes parents. Mon père m'a giflé, c'est la seule fois qu'il m'a giflé. Elle a arrêté de faire la tournée des fermes. Quand je la croisais en ville, toujours avec son mari, elle baissait les yeux.

— Et après ?

— J'ai traversé une grande période de désert. Les filles de mon âge étaient trop jeunes, et j'étais si timide. Et puis j'ai eu une mobylette pour mes dix-huit ans, on s'est mis à sortir avec Jean-Marie, on allait au Gai Manoir, une boîte en pleine campagne à Gilly, il y avait un ruisseau et un petit pont en pierre juste derrière, et là il y en a eu des filles qui sont passées sur le petit pont.

— Oh, papa !

— Tu me demandes, je te raconte !

— Tu parles en nombre.

— Oui, c'étaient les années soixante-dix, il y avait une grande liberté, les filles étaient beaucoup plus chaudes que maintenant, elles prenaient la pilule, il n'y avait pas encore le sida, les rapports étaient légers, joyeux, on s'amusait beaucoup. Je me souviens d'un jeudi après-midi avec une fille Panneton, on s'est croisés en ville, elle m'a pris la main, on est allés au bord de la Saône et on a fait l'amour dans l'herbe.

Je pense à mes quarante ans qui approchent.

— Comment définirais-tu le désir ?

— C'est l'attrait pour une femme, sa façon de bouger, sa beauté ou son charme.

— C'est une sensation ?

— C'est comme un feu, qui prend dans le corps. C'est irrésistible.

— On peut toujours résister.

— Oui, mais c'est contre la vie, on fait mourir quelque chose.

— Quel rôle joue la tête ?

— La tête alimente le feu. Par des images. Tu connais quand même ?

— Ce sont tes réponses qui m'intéressent.

— J'aimerais le revivre encore. Je suis presque à la fin.

Je frissonne par trente-cinq degrés, je pense à la disparition de mon père, un jour, celui qui m'a montré tous les chemins n'existera plus, je pense à Papa sur mon téléphone qui restera sans réponse, à son numéro que je connais par cœur, qui sera attribué à quelqu'un d'autre, qui dira quand j'appellerai C'est une erreur car lui, un jeune homme peut-être, sera bien vivant, il aura la vie devant lui, il découvrira le désir, avec la pureté et l'arrogance des premières fois, quand mon père sera mort. Alors que mon père est le désir même, la vie même, son sourire, ses yeux, ses cheveux, tout est mouvement. Comment lui en vouloir, alors qu'il est presque à la fin comme il le dit, de vivre à sa façon, celle qu'il pense être juste, celle qui consiste à suivre son désir.

— C'est par toi que j'ai découvert Casanova. J'ai lu les trois volumes des Mémoires de la première à la dernière page, en cachette dans ma chambre.

— Qu'est-ce que tu as appris ?

— La liberté. Tout cela n'était pas conscient à l'époque mais je crois que ça m'a aidée à te comprendre. À partir de là, j'ai cessé de te détester.

— Merci, Casanova !

— Casanova finissait toujours par partir, comme par magie, par une porte dérobée. Tu ne nous as jamais abandonnées. Tu n'as jamais eu la tentation de le faire?

— Jamais. J'aimais ta mère, je vous aimais, j'avais la ferme. Je ne voulais pas tout casser, flamber, me lasser. J'ai toujours été lucide. Ce qui me plaît dans l'adultère, c'est la double vie, le frisson. Ma vie était parfaite avec ma famille, mon métier, et les femmes parallèles. J'ai toujours choisi des femmes mariées. Avec ta mère, c'était la liberté, on s'est quittés parce que ça faisait beaucoup, je suis allé un peu trop loin. Je le regrette. Elle regrette aussi, elle me l'a dit.

— Tout ça, le chagrin, la tentative de suicide, pour finir par dire ça.

— Oui, mais c'était plus fort que moi. Je ne conçois pas la vie avec une seule femme. Sylvie, j'étais fou d'elle, on a vécu une passion sexuelle pendant deux, trois ans. Mais ça ne m'a pas empêché de la tromper. Avec une femme rencontrée dans une assemblée agricole.

On repart tranquillement au vaporetto.

— Je veux acheter une chemise!

— Mais c'est pas vrai!

— On ne retourne pas à l'hôtel, j'en achète une, c'est mieux.

Nous nous arrêtons encore devant la grille du palais du numéro 23 avec son jardin aux deux palmiers et ses balcons qui cascadent. Je regarde chaque fenêtre, je cherche la silhouette de Casanova, qui changeait de chemise trois, quatre fois par jour. Le store au premier étage est baissé.

Quelqu'un vit là, est-ce qu'il entend des rires, des souffles et des cris la nuit, est-ce que les murs gardent la mémoire de la jouissance ?

Nous marchons le long de la Fondamenta, silencieux, nous débouchons sur une place et une grande église, byzantine peut-être, je prie pour que mon père soit pardonné de ses péchés.

Je prie pour que mon père retrouve l'amour et se contente d'une femme, pour que ma mère ne replonge pas dans la dépression, pour que ma grand-mère ne devienne pas méchante à mesure que ses forces diminuent, pour que ma fille grandisse sans peur et sans maladie, pour que mon mari ne se fonde pas dans le canapé, je prie éblouie par le soleil, je cherche la suite, je bute sur mes propres vœux.

Une grande vierge est peinte sur la demi-coupole de la nef. Ses deux mains dépassent de sa longue robe, paumes ouvertes devant sa poitrine, et ressemblent à un mouvement de défense. Elle n'est pas à sa vie et à son sort, c'est une femme qui pose pour le peintre, qui attend que la séance soit finie pour rejoindre sa vraie vie.

Est-ce que je suis au cœur de ma vie ? Est-ce que je suis une femme qui pose ? Qu'est-ce que je souhaite pour moi-même ?

Ma fille m'interroge parfois sur la mort, elle me demande ce qui va se passer quand tout le monde sera mort. Je réponds que le monde ne sera jamais mort, que d'autres nous survivront, que ma mort n'engendrera pas sa mort, qu'il est souhaitable qu'elle me survive, qu'elle fera une famille qu'elle aimera, que ma mort arrivera dans longtemps, le temps qu'elle aime d'autres personnes que moi, que ma chair, celle qui l'a engendrée, se flétrisse. Oui, je souhaite vivre pour que ma fille ne souffre pas de ma disparition.

Pour retrouver celle que je suis, je dois retourner aux heures heureuses de mon enfance paysanne, à mon corps en liberté dans mes vêtements de garçon, à l'élan que je prenais pour plonger du pont de Cent-Mètres, à ma poitrine nue qui s'ouvrait dans les airs, à ma cabane dans le cerisier où j'écoutais le vent dans les feuilles, aux premiers livres que j'ai lus seule, aux premiers mots que j'ai écrits sous la forme de petits poèmes, à la sensation d'être quelqu'un d'autre. Écrire. Voilà ce que je souhaite pour moi.

Nous ressortons de l'église, frappés par la chaleur, je dis à mon père :

— J'ai commencé un livre. Un roman. Sur Casanova, sur toi, sur nous. J'ai commencé peu après ton arrivée à la maison.

— Je n'ai plus rien à perdre !

Nous changeons de rive, nous trouvons un magasin de vêtements. Une femme élégante nous accueille, sourire affable, cheveux tirés en chignon, jupe droite fendue derrière – le regard de mon père sur la fente.

Enfin une Italienne qui ne parle pas français, je traduis, m'applique sur les *r*, je fais la démonstration de mon talent à mon père. Il veut une chemisette, je lui conseille de prendre une chemise et de retrousser les manches, c'est plus chic, la vendeuse approuve. Elle sort différents modèles.

Je m'excuse de préférer au col italien le col français aux pointes plus courtes. Mon père fait des essais : chemise en lin, en coton, blanche, bleue.

— T'as l'air d'un marié ! Il faut quelque chose de plus décontracté, elle a parlé d'une pizza à la cafétéria de la plage.

Mon père, torse nu – son ventre a fondu – dit Je veux une chemisette. Il se dirige vers une chemisette pendue à un cintre.

— Non, c'est beauf! dis-je.

Je prends la chemisette dans les mains de mon père et la repose. Mon père reprend la chemisette, l'enfile, c'est une chemisette à motifs floraux et col français, il se regarde dans le miroir, me regarde dans le miroir. Il se retourne, écarte les bras.

— Voilà !

Je dois reconnaître qu'elle est belle, qu'elle lui va très bien, que j'ai des a priori et des goûts bourgeois.

8

Mon père me rejoint à la table du petit déjeuner sur la terrasse de l'hôtel, douché, parfumé, polo Lacoste et Ray-Ban – mes Ray-Ban – il demande un café en le prononçant à l'italienne, je le regarde par-dessus mon ordinateur.

— Je vais peut-être me mettre à l'italien ! dit-il goguenard. J'ai rêvé que je parlais italien.

— En conversation très privée avec Federica Zanna.

— Absolument, dans mon jardin sous les arbres fruitiers.

— Tu en as parlé de tes arbres fruitiers ! T'es un sacré tchatcheur, pire qu'un Italien !

— Elle semblait très intéressée. Elle nous a quand même montré le jardin de son grand-père.

— Oui, on a fait un kilomètre à pied en plein cagnard pour voir un terrain en friche et une maison à l'abandon. Ça valait bien le coup de changer de chemise ! Enfin, je dois dire qu'on a découvert une autre facette de Venise. Et après ?

— Je l'ai juste raccompagnée chez elle.
— Tu n'as rien tenté ?
— Non, qu'est-ce que tu crois ? Je te l'avais promis et c'est une femme avec qui il ne faut pas aller trop vite.
— Tu sens ça ?
— Oui, elle est assez sauvage, elle est pure.
— Et pourquoi tu es rentré plus d'une heure après ?
— On a fait un détour parce qu'elle voulait me montrer une église.
— Depuis ta tirade sur l'église de Murano, elle pense que tu es fasciné par les églises !
— Par l'histoire, ce qui est vrai.
— Et ça a pris autant de temps ?
— Je me suis un peu perdu pour rentrer.
J'éclate de rire.
— Elle est vraiment magnifique. Je la regardais hier de profil avec le coucher de soleil, elle me fait penser à ta mère jeune. Vous allez toutes les deux à la Biennale ?
— Oui, comme prévu, on a rendez-vous à 14 heures.
— Elle n'a pas proposé que je vienne avec vous ?
— Hé non, tu vois ! Elle n'est pas encore irrésistiblement attirée par toi.
Mon père regarde tristement le Grand Canal et il sourit d'un coup, repris par une pensée contraire.
— Elle veut te parler de moi !
— Bien sûr ! Ça ne te gêne pas trop d'emprunter mes lunettes de soleil ?
— J'ai oublié les miennes et tu en as deux paires.
— J'en prends toujours deux paires pour changer.

— Federica m'a dit qu'elles m'allaient très bien.

— Donc tu ne les quittes plus ! Pourquoi tu t'es autant levé cette nuit ?

— Je me lève souvent la nuit, c'est la prostate, problème de vieux.

— L'opération est fixée ?

— J'ai annulé.

— Mais pourquoi ? Tes analyses de sang n'étaient pas bonnes.

— Je ne veux pas me faire opérer parce que je ne pourrai plus éjaculer, voilà !

— Ah bon ? Ça rend impuissant cette opération ?

— Je pourrais toujours bander mais pas éjaculer.

— Ça va alors, dis-je.

Je pense aux enfants qu'il ne fera pas.

— L'éjaculation fait partie du plaisir. Je ne me sentirais pas un homme complet.

— Un homme complet ?

— Je serais diminué dans ma virilité.

— Ah d'accord, tu préfères avoir un cancer que ne pas pouvoir éjaculer ?

— Pour l'instant, j'attends. Qu'est-ce que je vais faire pendant que tu es à la Biennale ?

— Tu te balades maintenant que tu sais rentrer à l'hôtel seul, tu t'inscris sur Duolingo pour apprendre l'italien.

Je m'éloigne sans lui laisser le temps de répondre. Je m'enferme dans la chambre et j'écris sur ce père qui se veut un homme complet !

À Venise, je prends un tournant décisif : c'est moins un livre sur Casanova qu'un livre sur mon père, je laisse l'universitaire derrière moi.

La professeure m'attend à l'entrée des jardins de la Biennale. Elle ne m'a pas vue, je l'observe, elle semble triste, absorbée dans des pensées douloureuses. Et dans ce visage contrarié, je reconnais Andrea Visconti, mon professeur d'arts plastiques. La ressemblance est frappante, le visage du professeur que j'ai tant observé est parfaitement net, sa voix me revient aussi, surgie du passé, intacte comme une précieuse découverte archéologique ; les deux professeurs comme deux faces d'une pièce de monnaie. Ils pourraient être frère et sœur.

Je suis pétrifiée, c'est elle qui vient à moi, c'est elle qui me demande si ça va, souriante et décontractée.

Nous allons silencieusement de pavillon en pavillon, chaque fois projetées dans d'autres dimensions. Reviennent beaucoup les thèmes des frontières, de l'exil, de l'immigration, du déplacement ; cette édition s'appelle « Foreigners everywhere ». Je dis à Federica que je ne suis le fruit d'aucun exil, que mes racines sont bien définies, que l'Italie est le pays que j'ai choisi, que je pourrais vivre ici, que tout m'est familier, jusqu'à la langue, jamais étudiée à l'école, apprise à l'âge adulte dans une compréhension immédiate de sa structure. Et je glisse sur ma géographie italienne à Paris et sur Alicia, la rue de Bellefond, notre appartement, je m'interromps quand je vois le visage de la professeure qui se referme de nouveau, contracté par une soudaine douleur.

— Je sais de qui vous parlez, dit-elle.

— Vous avez connu Alicia ?

— Oui, j'ai vécu dans cet appartement.

— Incroyable.

Nous recoupons les dates, nous découvrons qu'elle m'a précédée dans l'appartement.

— Elle ne vous a pas parlé de moi ?

— Elle me parlait d'une Italienne, joueuse de tennis comme elle, mais elle balayait toujours mes questions de *è nel passato !* (c'est du passé).

Je ne dis pas ce qu'elle ajoutait : *una pazza* (une folle).

— J'étais une amatrice, c'était une championne. Elle a tout arrêté pour aller étudier le théâtre à Paris. Je l'ai suivie.

— Vous vous êtes connues à Venise ?

— Oui, nous nous sommes connues au tennis club justement.

— Il y a un club de tennis à Venise ?

— Oui, au Lido.

— Elle m'a toujours dit qu'elle avait grandi à Bergame.

— Elle n'était pas à un mensonge près.

— Vous vous êtes fâchées ?

— Oui. C'est pour cela que je suis rentrée en Italie et que je n'ai pas terminé mon année d'études à la Sorbonne. Et vous ?

— On a été très proches, on s'est fâchées aussi, des histoires de jeunesse.

— C'était impossible de ne pas se fâcher avec Alicia, elle était si intense, dit Federica.

— Je l'aimais beaucoup, elle m'a appris tant de choses, le tennis, le théâtre, elle était si avancée sur tout.

— Ça me trouble que vous ayez connu Alicia, et ça me fait plaisir aussi, dit-elle.

— J'ai souvent fait des recherches sur Internet, je n'ai jamais rien trouvé.

— Elle est morte.

— Il y a longtemps ?

— Oui, en 2005, à Paris.

— Mais j'ai quitté son appartement en août 2004.

— Eh bien, ça s'est passé en novembre 2005. Elle s'est suicidée. Elle s'est jetée de la fenêtre de l'appartement.

— C'est pas possible.

Mon cœur se serre.

— Elle s'est jetée sur le court de tennis ?

— Oui. Elle poursuivait un rêve de théâtre qui n'était pas le sien, sa passion, c'était le tennis.

— Pourquoi elle a arrêté brutalement le tennis ?

— Elle s'entraînait huit heures par jour, elle n'avait rien connu d'autre que Venise, elle voulait faire d'autres expériences, vivre ailleurs. Paris la fascinait. Elle a rompu avec moi pour la même raison, j'appartenais au passé.

Je repense à ce dîner avec mon père, autour de la table du salon, après cette journée à monter la bibliothèque, je revois son visage dans le soleil, notre éblouissement, la fille et le père unis par le même désir, j'entends son rire dans les graves, c'était le dernier instant de joie avant la fin, avant que je la repousse et qu'elle me chasse, je ne peux retenir mes larmes.

— Mais elle était si vivante ! Même sa colère dépassait toutes les colères, dis-je.

Elle retire ses lunettes de soleil pour essuyer ses yeux.

— Je l'ai tant aimée, dit-elle.

Je pose une main sur son épaule, ça n'est pas ce qu'Alicia aurait fait, elle l'aurait prise dans ses bras, elle aurait éclaté en sanglots. Je pleure en silence.

Nous marchons encore un peu entre les pavillons, sans y entrer, elle me propose de me montrer un endroit qu'elles aimaient Alicia et elle.

Elle me conduit vers le bassin de l'Arsenal, nous longeons un moment le quai jusqu'à un grand bassin clos, comme un lavoir, couvert par un toit. Des hirondelles frôlent l'eau du bassin, becs ouverts, et repartent vers leurs nids abreuver leurs petits. Nous sommes absolument seules dans ce lieu gigantesque, habité par le passé, les fantômes d'Alicia, de Casanova, de Stendhal tournoient autour de nous, dans un ballet aérien que croisent les hirondelles.

Et je parle d'Andrea Visconti, finalement le premier dans ma géographie italienne – soudain les points que je pensais isolés sont reliés –, de ma fascination pour ce professeur, c'était la première fois que je sentais mon cœur battre pour un homme. Un homme en fauteuil pour qu'il ne m'échappe pas au contraire de mon père qui s'échappait toujours de la cellule familiale, qui marchait à si grandes enjambées que je devais courir à côté de lui. Cela me frappe aujourd'hui tant c'est symbolique, alors que j'étais dans cette histoire comme dans un brouillard. Un peu avant la fin de l'année, après un cours je lui avais dit que je l'aimais, que je voulais vivre avec lui. Il m'a gentiment repoussée, en me rappelant que j'étais une élève de quatorze ans et lui mon professeur, que c'était interdit, et que, même si j'étais une charmante et brillante jeune fille, il n'éprouvait ni désir ni amour pour moi. C'était un amour imaginaire, qui s'était développé entièrement dans ma tête.

Les larmes viennent, Federica me prend dans ses bras et m'embrasse sur la bouche. Je vois le visage de mon professeur, ses lèvres qui s'ouvraient dans un sourire, que je n'ai jamais pu toucher, je vois Alicia qui riait dans mon cou, je repousse violemment la professeure contre une colonne. Elle pousse un cri de douleur, porte la main à son dos et s'assoit par terre.

— Je suis désolée, j'ai été surprise.

— C'est moi qui suis désolée, j'ai pensé que vous aviez envie, dit-elle d'une voix étouffée.

— Ah non, pas du tout ! Enfin, vous êtes très belle, intelligente, charmante, vous avez un parcours remarquable, mais je ne suis pas attirée par les femmes.

— Pardon.

— Ne vous excusez pas.

— Mais vous n'avez pas eu d'histoire avec Alicia ?

— Non. Je savais qu'elle avait eu des histoires avec des femmes mais à mon époque elle couchait avec des hommes, beaucoup. Elle couchait même pour des raisons politiques. Une fois dans un bar on s'est retrouvées avec des membres d'un groupuscule d'extrême droite, elle est partie avec l'un d'entre eux. Elle m'avait dit avant de partir avec lui Ne t'inquiète pas, mon père était un facho aussi. J'avais eu peur pour elle.

— Elle a toujours eu une conduite destructrice, dit-elle.

— Elle vous avait raconté pour son père j'imagine ?

— Oui, ça a ruiné sa vie. C'est lui qui l'avait poussée à jouer au tennis très jeune, c'est aussi pour ça qu'elle a arrêté le tennis, qu'elle est partie à Paris, pour s'éloigner de lui, dit-elle.

Elle se tient le dos.

— Ça va ?

— Ça va aller. J'espère que je ne vous ai pas choquée.

— Pas du tout. Ma sœur est homosexuelle.

— Grande ou petite sœur ?

— Petite sœur, elle vit à Rio, elle n'a jamais beaucoup parlé de sa vie sentimentale. Ça a été une surprise quand elle l'a annoncé à la famille.

— Ça a été compliqué ?

— Non, pas du tout, mes parents sont très ouverts, enfin vous voyez mon père ! Mais j'avais l'impression que vous étiez dans la séduction avec lui ?

— Il est charmant mais c'est plutôt vous que je cherchais à séduire.

— Il va être déçu ! Je vous ai dit que j'étais mariée quand même, dis-je en riant.

— Je suis confuse ! Vous êtes heureuse avec votre mari ?

— Nous sommes ensemble depuis plus de quinze ans, nous avons une petite fille de trois ans, je ne me posais pas la question avant l'arrivée de mon père dans ma vie. Il a fait un peu le malin devant vous mais il vit un grand chagrin d'amour. C'est pour cela que je l'ai accueilli chez moi. Il pleurait en arrivant à Venise. Ça fait deux semaines qu'il vit sur mon canapé. Avec mon père, qui est un grand séducteur, les questions de l'amour et du désir sont soudain le centre de ma vie, alors qu'elles ne l'ont jamais vraiment été.

— Pourquoi ?

Ça fait longtemps qu'on ne m'a pas posé de question, que je n'ai pas parlé de moi, de mes sentiments. Je suis un élément fonctionnel d'un couple, comme mère et épouse, de la société, comme professeure d'université. Je suis utile à ma famille, d'un point de vue matériel et affectif.

Au sein de la société, je suis de moins en moins certaine de mon utilité. Enseigner la littérature du XVIIIe à la Sorbonne à des élèves de plus de vingt ans, issus pour la grande majorité de classes sociales favorisées, qui pour la plupart s'orienteront vers d'autres métiers économiquement plus viables, écrire des livres très sérieux, très peu lus, sur Casanova, qui était le contraire du sérieux, me semble soudain totalement absurde. Pourtant la littérature est indispensable, elle le fut pour l'enfant et l'adolescente de la classe moyenne rurale que j'étais, elle m'a montré des horizons, je peux lister les professeurs qui m'ont ouvert les livres comme des fenêtres : Margueron, madame puis monsieur, à l'école élémentaire ; M. Chabret, français, M. Visconti, arts plastiques, Mme Grenu, histoire-géo, au collège ; Mlle Maire en lettres, M. Bouilleux en philosophie au lycée. Je me souviens de leurs voix, de leurs visages, des livres que nous avons étudiés, ils sont les pierres de mon édifice intellectuel, ils ont été décisifs dans mon choix de faire des études de lettres. À l'université, je suis arrivée construite, j'ai approfondi mes connaissances.

Je serais utile si je sortais la littérature de mon amphithéâtre et si je l'amenais à la terre et à la rue, avec mon histoire, les deux entremêlées comme les branches d'un arbre, mais je suis devenue une bourgeoise au service de la bourgeoisie, fière d'enseigner dans ce sérail tant convoité de la Sorbonne, exemple de la méritocratie, que j'ai longtemps pris pour une valeur progressiste, avant de comprendre qu'il s'agissait encore d'une valeur de la bourgeoisie – on prend les meilleurs, on en fait des étendards de l'ascenseur social et on maintient la masse à sa place en lui renvoyant son absence de mérite, que d'autres issus de son ventre ont eu, pourcentage bien minoritaire par rapport aux enfants des classes favorisées. Je dirais même que la valorisation des études, contrairement à l'opinion communément admise, favorise la reproduction sociale.

Ma crise de sens de la quarantaine est professionnelle. Les questions de l'amour et du désir sont absentes. Je regarde la professeure, elle me sourit, je continue en roue libre. Bien sûr le professionnel et le sentimental sont perméables, bien sûr je remets en cause mon système de pensée, assez balisé, et cela va contaminer l'ensemble de mon système. Simplement, la contagion aurait été beaucoup plus lente sans le retour inattendu de mon père dans ma vie.

L'enfant quitte ses parents après avoir vécu au maximum une vingtaine d'années avec eux, et pour la plupart des gens cela paraît bien assez, pour une majorité c'est même bien trop long avec des périodes de haine et de guerre. L'enfant commence sa vraie vie, les parents poursuivent la leur avec plus ou moins de réussite et de bonheur, les rapports familiaux s'espacent, ils se resserrent parfois à l'arrivée des petits-enfants où les parents basculent, malgré eux, dans la fonction utilitaire de grands-parents, les existences se déroulent en parallèle dans l'ignorance de ce qui se joue dans l'intime, dans le sentimental et le sexuel de part et d'autre, et à la fin ce ne sont pas les parents qui reviennent dans la vie des enfants, comme autrefois on accueillait les parents chez soi, ce sont les enfants qui reviennent temporairement pour trouver des solutions d'aide et de placement, pour repartir au plus vite dans leur propre vie, jusqu'à ce que mort s'ensuive. C'est la logique du monde capitaliste : quand l'humain ne peut plus produire de la valeur, on le remise dans un Ehpad, pour ne pas entraver ceux qui produisent de la valeur, c'est l'application à la famille d'un système individualiste de pensée. Un bébé est autant à charge qu'un vieux, dans son absence totale d'autonomie, mais les enfants sont de futurs producteurs de valeur. Cela nous valorise, nous place dans la chaîne humaine : nous sommes producteurs de futurs producteurs.

Je suis face à une situation relativement inédite : mon père en homme encore fort, encore désirant sur mon canapé, situation qui m'a d'abord beaucoup pesé, car elle s'ajoute à mes rôles de mère, d'épouse, de prof. On dit rôles, c'est signifiant, on est fonctionnel.

Là à Venise, je ne joue pas un rôle, paradoxe pour la ville du masque et de l'amour, je suis la fille, on ne choisit pas d'être fille, je saisis ma chance de rencontrer mon père en homme.

Et de m'interroger sur la femme que je suis.

J'ai rencontré mon mari dans son restaurant, ça n'a pas été un coup de foudre comme il le disait à ses amis en ma présence, cela me blessait qu'il le formalise aussi abruptement par comparaison avec ses autres histoires, mais il avait raison, ça n'a pas été passionnel, ni affectivement ni sexuellement, mais il y avait une évidence, une simplicité des rapports, il avait dix ans de plus que moi, il aspirait à une relation stable avec une femme qui n'évoluait pas dans le monde de la nuit. Nous nous sommes aimés, nous avons échangé nos vœux en nous mariant, nous avons décidé de faire un enfant après plus de dix ans ensemble, mais sans nous poser beaucoup de questions, sans être dans un grand dialogue. Nous nous disons encore que nous nous aimons, notamment quand nous nous quittons, quand je pars en voyage, comme s'il s'agissait de dire Je reste en m'éloignant, de réitérer un engagement sur le seuil d'une absence qui pourrait se prolonger.

Je ne connais pas le désir, tel que j'ai pu le lire, tel que mon père me le raconte et qu'il compare à un feu.

Elle me regarde avec une commisération qui me blesse.

— Vous voyez, je suis une professeure d'université, sérieuse, bourgeoise, qui ne sait pas jouir, aucun regret !

Elle me sourit, elle prend la main que je lui tends pour qu'elle se relève. Nous repartons doucement d'où nous venons.

Quand je retrouve mon père dans la chambre, allongé sur le lit, en train de lire les Mémoires de Casanova, je n'ai pas la force de lui dire que la professeure aime les femmes, ça reviendrait à dire qu'il fait fausse route dans son désir, qu'il a perdu son instinct, à raviver son chagrin.

9

Sur le chemin de l'université, mon père se pâme devant tout ce que nous croisons, palais et personnes.

— Que les femmes sont belles ! Casanova dit qu'« il n'est pas possible d'aimer deux objets à la fois », c'est un petit joueur en fait, ton Casanova ! Moi, je suis amoureux de toutes les femmes.

— Tu restes tranquille à la conférence.

— Pour la professeure, tu m'as dit jusqu'à la conférence.

— On part après le cocktail donc c'est pareil. Tu ne comptes quand même pas lui faire une déclaration entre la conférence et le cocktail.

— Pourquoi pas ?

— Non, papa, j'ai bien réfléchi, je ne veux pas, je peux être amenée à retravailler avec elle.

— Ça sera pratique si on est ensemble ! Tu pourras venir travailler à Mougeot.

— Tu crois vraiment qu'elle va venir à Mougeot ?

— C'est beau chez moi.

— Oui, mais c'est un trou !
— Ça la changera et je viendrai à Venise.
— Tu t'y vois déjà, vivre entre Venise et Mougeot !
— Pourquoi pas ? Je n'ai plus d'obligation avec la ferme, j'ai mon jardin, le printemps et l'été, mais je pourrais passer l'hiver ici. Il y a des tournants dans la vie.
— Tu t'emballes complètement là...
— C'est ça l'amour, un emballement...
— Je pense que tu fais fausse route avec cette professeure.
— Tu me disais que je lui plaisais. Qu'est-ce qui te fait dire ça ?
— Elle m'a parlé d'un homme.
— Qu'est-ce qu'elle t'a dit ?
— Qu'elle était amoureuse d'un homme.
— Elle t'a dit qui c'était.
— Non.
— C'est peut-être moi. Elle voulait te faire passer un message.
— Oh tu m'énerves !

Je souris à la jeune femme aux cheveux courts du premier jour, qui nous attend devant l'université, elle avance vers nous, je m'approche de mon père et murmure entre mes dents Ne tente rien s'il te plaît, il s'éloigne en souriant, la jeune femme dit que l'amphithéâtre est déjà plein. Elle porte un pantalon noir et une chemise blanche. Je repense à ses bras musclés, à ses épaules, je me demande si elle a eu une histoire avec Federica. Elle dit que la professeure aurait aimé nous accueillir elle-même mais qu'elle a été retenue par le directeur de l'université. Elle dit La professeure, elle ne l'appelle pas par son prénom, ni même par son nom, elle vit peut-être une fascination. Nous la suivons dans les couloirs, mon père regarde tout sourire la professeure qui arrive du fond du couloir, chemise blanche aussi, jupe de tailleur, perchée sur des escarpins, entourée de deux hommes, comme une garde rapprochée, souriante, elle tend la main, se ravise, dit Armand je vous embrasse, elle nous embrasse chaleureusement.

— C'est un beau succès, la salle est comble. Je vous présente le directeur de l'université, Francesco Piano, et son adjoint, Giovanni Paolini. Ils vont introduire la conférence.

Après les échanges de compliments, la jeune femme conduit mon père dans la salle et nous attendons en coulisses avec Federica que le directeur termine son discours et nous invite à le rejoindre.

— J'aimerais vous montrer mon bleu mais je ne voudrais pas que vous le preniez pour une proposition.

Je regarde sa main posée sur sa chemise en soie.

— Vous avez encore mal ?

— Oui.

— Je suis désolée, dis-je.

— Ça m'apprendra à prendre mes désirs pour des réalités.

Elle me sourit, j'entends mon nom et entre sur scène, mon père est assis au premier rang, je m'assieds, Federica s'installe à ma gauche.

Le directeur de l'université me pose la première question, en regardant mes jambes.

— Est-ce que vous faites de la course à pied ?

La salle rit.

— Excusez-moi de vous poser cette question mais pour suivre Casanova, il faut courir vite !

— En effet il faudrait courir le cent mètres sur les mains ! Car non seulement il faut courir vite mais en plus il faut amuser la galerie.

Cette fois, c'est moi qui fais rire la salle.

— Je n'avais jamais fait le parallèle entre Casanova et la course à pied mais c'est juste, à notre époque, il aurait été un sportif. D'ailleurs il prenait soin de son corps.

— Donc plutôt cent mètres que marathon ?

— Je dirais que sa vie est un marathon fait de courses rapides. Il est infatigable mais il se lasse vite, il est très bon dans la fulgurance, dans l'instant.

Le directeur se tourne vers Federica.

— Est-ce que Stendhal aurait pratiqué la course à pied ?

— Absolument pas, Stendhal n'avait pas le physique d'un coureur, il était petit et gros avec des jambes courtes. Il était rêveur, contemplatif, fainéant même, il se fantasmait en séducteur mais il était timide avec les femmes, il a voyagé en s'enrôlant dans l'armée puis pour ses fonctions dans la diplomatie mais il n'a pas l'âme aventureuse du voyageur, il est assez loin de Casanova.

— Mais alors qu'est-ce qui nous réunit ici ? Qu'est-ce qui les réunit ?

Federica me regarde, je l'incite à poursuivre d'un hochement de tête.

— D'abord l'Italie. Stendhal entre en Italie à dix-sept ans avec l'armée napoléonienne. Lorsqu'il découvre Milan, il ne veut plus en repartir, il ne veut plus retourner au front, il écrira dans *Vie de Henry Brulard*, livre autobiographique, à propos de Milan, que « cette ville devint pour moi l'endroit le plus beau de la terre. Je ne ressens absolument pas le charme de ma patrie ». C'est à Milan, à dix-huit ans, qu'il perd sa virginité. Il apprend l'italien, il vivra à plusieurs reprises en Italie, il deviendra même consul de Civitavecchia. L'un de ses premiers livres sera consacré à l'histoire de la peinture en Italie. Puis il y a aura *Promenades dans Rome*, *La Chartreuse de Parme*, *Chroniques italiennes*, *Vie de Henry Brulard*. Des récits de voyage aussi comme *Rome, Naples et Florence* où il écrit : « Quand je suis avec les Milanais, et que je parle milanais, j'oublie que les hommes sont méchants, et toute la partie méchante de mon âme s'endort à l'instant. » Sur sa tombe, il fera écrire *Arrigo Beyle, Milanese*. Il se fantasme en Italien alors qu'il naît à Grenoble et meurt à Paris. Sans doute que ce fantasme remonte à l'enfance où la mythologie familiale prête à sa mère adorée, morte quand il avait sept ans, des origines italiennes.

Je pense à ma mère, dernière d'une fratrie de sept, qui a toujours pensé qu'elle n'était pas la fille de son père, tant elle est différente physiquement de ses frères et sœurs, tant elle se sent différente.

— Il est peut-être plus italien que Casanova ! dit-elle.

Je saisis la balle au bond.

— Si vous essayez de nous voler Stendhal, on vous rend Casanova !

Les rires fusent dans la salle, je regarde les dents de la professeure. Le visage d'Andrea Visconti et ses dents très blanches se superposent au sien. Je ne suis plus l'élève.

— Casanova a, je crois, un rapport plus contrarié que Stendhal à son pays d'origine. Il est profondément italien, difficile de ne pas l'être quand on naît au milieu de cette beauté.

Je fais un grand geste qui vise à englober la salle, Venise et l'Italie et qui échoue sur la joue de la professeure. Je m'en excuse. Elle secoue la tête, en riant, me dit en français Je suis habituée.

— Vous avez le syndrome de Stendhal ! s'exclame le directeur.

Les rires éclatent encore, je pense au ton compassé du directeur de l'université de Brest, au silence religieux dans la salle, à ce garçon qui me regardait gravement, à mes quelques tentatives d'humour qui sont tombées à plat. Casanova, s'il nous entend, est sans doute heureux de la joie et de la légèreté de la conférence, c'est l'honorer, c'est aussi lui offrir un retour triomphal à Venise.

— Casanova aimait son pays, il a dû le fuir en s'évadant de la prison des Plombs, il écrit qu'il pleure comme un enfant quand il voit Venise s'éloigner. C'est un exil. Vingt ans après, il demandera à revenir. Il écrit : « Ce retour me procura l'un des plus beaux moments de ma vie. » Et il en sera expulsé par sa faute. Comme si cet amour pour sa terre maternelle ne pouvait être que contrarié, comme l'a été son rapport à sa mère. Là, il y a des points communs entre les deux hommes. Ils adorent leurs mères et restent à distance de leurs pères qu'ils ne considèrent pas, qu'ils méprisent même. Ils passeront leur vie à jouer avec leurs identités, à transformer le nom du père, à l'annuler dans un parricide symbolique. Casanova empruntait d'ailleurs parfois le nom de sa mère, Farussi, parmi d'autres noms, Paralis, Scotti, Antonio Pratolini, et le plus souvent il s'anoblissait en chevalier de Seingalt. Stendhal a utilisé aussi beaucoup de pseudonymes, jusque sur sa tombe. Il y a cette logique du travestissement comme échappée, comme liberté. Je parle sous le contrôle de Federica.

— Absolument. Il ne faut pas oublier que Stendhal est un pseudonyme qu'il s'est choisi en traversant une ville d'Allemagne, nommée Stendal. Son vrai nom était Henri Beyle et il en a changé tout au long de sa vie : Louis Alexandre Bombet, Anastase de Serpière, Giorgio Vasari, William Crocodile. Henry Brulard, aux mêmes initiales que lui, est son double de papier. D'ailleurs il est intéressant de noter qu'il écrit le livre *Henry Brulard* en se masquant tout en se proposant d'être « simplement vrai ». Stendhal est ambigu, multiple, à la fois homme du monde, diplomate, mondain, et solitaire, idéaliste, artiste. Il ne fait rien en professionnel. L'écriture n'est pas au centre de sa vie d'homme, elle le devient à la quarantaine, lorsqu'il commence à vieillir, lorsqu'il vit moins fort, qu'il a moins d'argent et qu'il n'est plus dans le jeu de la séduction...

— Comme Casanova ! Il a écrit beaucoup de son vivant mais la grande entreprise de ses Mémoires commence très tardivement. Ils écrivent pour revivre quand ils ne vivent plus, quand ils sont finis en tant qu'hommes. Dans la force de l'âge, ils ont une nature contemplative vers laquelle ils ne penchent pas. Ce sont des hommes d'action, qui vivent avant tout, passant d'une activité à une autre. On pourrait les taxer de dilettantisme mais ils s'engagent à fond dans ce qu'ils entreprennent, il y a un orgueil de la réussite et de la destruction par leurs propres mains de ce qu'ils ont construit.

— Tout à fait. Stendhal a inventé le mot « égotisme », sorte de retour sur soi, sur sa perception intellectuelle, ses émotions ; valorisation de son moi intérieur, posture solitaire et fière détachée des convenances et des modes de l'époque. Il y a chez Stendhal comme chez Casanova une grande liberté par rapport au regard d'autrui. Et une forte estime de soi. Stendhal n'écrit pas pour les autres, pour la gloire, il écrit pour lui, pour se comprendre davantage, pour revivre ses vingt ans dans le cœur tumultueux du beau héros sentimental, Julien Sorel dans *Le Rouge et le Noir*, Lucien Leuwen personnage éponyme du roman ou Fabrice dans *La Chartreuse de Parme*. Pour ces trois personnages, c'est le même itinéraire de cœurs purs corrompus par le monde. Stendhal n'accorde pas une grande importance à l'écriture, il se fiche de la forme, il dicte un roman en trois mois, il retient le premier jet, il ne se corrige jamais, autant par paresse que par souci de la sincérité. L'écriture est une manière de chasser l'ennui de la vieillesse. Il publie son premier roman, *Armance*, à l'âge de quarante-quatre ans et connaît le succès lorsqu'il publie *La Chartreuse de Parme* en 1839, à cinquante-six ans, avant de mourir trois ans plus tard dans l'indifférence et l'oubli. Ses manuscrits pleins de poussière seront exhumés par un curieux dans des archives départementales quelques décennies plus tard.

— Il y a beaucoup de similitudes avec Casanova. Le manuscrit d'*Histoire de ma vie* resta caché chez un éditeur allemand, Hans Brockhaus, pendant près de cent cinquante ans. L'éditeur évacua le manuscrit à bicyclette sous les bombardements de Leipzig et le mit à l'abri dans un coffre de banque. En 1945 il est transporté par camion militaire à Wiesbaden. L'éditeur en fit de nombreuses éditions mais toutes incomplètes, expurgées de passages licencieux. Il faut attendre 1960 pour l'édition intégrale en douze volumes. Il sera racheté à Brockhaus par la Bibliothèque nationale de France en 2010.

— Vous avez finalement gardé Casanova ! s'exclame le directeur.

— Vous n'en vouliez pas ! Et il faut dire qu'il a écrit ce manuscrit en français.

— Ma question est peut-être idiote mais est-ce que Casanova et Stendhal auraient pu s'apprécier ?

— Ils se seraient sans doute reconnus comme deux êtres solitaires, indépendants, des météores iconoclastes dans leurs époques, dis-je.

— Stendhal aurait aimé l'idéalisme, la fantaisie, l'extravagance et la légèreté de Casanova. Comme Casanova, il a toujours fait passer le plaisir avant tout. Il avait cette devise : « L'unique affaire de la vie c'est le plaisir », dit Federica.

Je regarde mon père qui sourit.

— Casanova n'aurait probablement pas aimé le caractère d'ours mal léché finalement très français de Stendhal, dis-je.

— Stendhal aurait sans doute jalousé son succès auprès des femmes, dit Federica.

— Justement, les femmes. Sa réputation précède Casanova mais aimait-il vraiment les femmes ?

— Absolument. Il a été élevé par des femmes, sa mère comédienne est la figure d'une femme indépendante et fantasque, ses absences l'idéalisent. Sa grand-mère est une femme forte et décisive, qui le protège. Don Juan, cynique et froid, faisait la conquête des femmes pour les humilier, Casanova déployait une grande énergie pour plaire aux femmes, il recherchait leur amour, et la satisfaction de leur désir était encore plus importante que son propre désir. Il est dans un rapport d'égal à égal avec les femmes. Il a été très épris d'Henriette, une belle et mystérieuse Française, elle fut autant un objet de désir qu'un modèle de liberté. Les femmes ont finalement tout appris à Casanova.

— Stendhal rêve d'être un Lovelace, aristocrate libertin, séducteur cynique du roman *Clarisse Harlowe* de Richardson. Mais il n'a pas beaucoup de succès avec les femmes, il est maladroit, sensible, encombré de sa personne, il les idéalise tout au long de sa vie en déclarant avoir été « un amant malheureux ». Dans ses livres, elles enflamment les cœurs mais elles restent nobles, dignes, dévouées à leurs amants quand ils se perdent dans les bassesses. Les femmes chez Stendhal sont moins libres que chez Casanova, davantage contraintes par les règles de la société. Mais il les aime et il les admire.

— En somme les femmes sont le centre de leurs œuvres et ils se glissent dans leur peau pour les comprendre, dit le directeur.

— Oui, on en revient à ce goût du travestissement, ce plaisir d'être un autre, ce jeu sur la fluidité du genre…

— Signes de leur ouverture d'esprit, ils ont aussi en partage une européanité et un cosmopolitisme très modernes, ajoute Federica.

— Absolument, Casanova se présente comme « un homme libre, citoyen du monde », ajouté-je.

— Finalement ils ont beaucoup de points communs. Stefan Zweig les a d'ailleurs réunis, avec Tolstoï, dans un essai intitulé *Trois poètes de leur vie*. Mais dans ce livre, Zweig place clairement Casanova en infériorité par rapport à Stendhal, au premier échelon de l'introspection, sans aucune analyse psychologique.

— Zweig est réducteur avec ce classement mais il dit aussi à quel point Casanova est un formidable conteur, à quel point il fait un roman extraordinaire de sa vie. Casanova est la preuve vivante que la vie peut être incroyable par l'usage que l'on fait de sa liberté, que l'on peut échapper à la routine ou à l'ennui, résister à toutes les cages, dis-je.

— La preuve vivante ? Il est pourtant mort depuis plus de deux cents ans.

— Oui, en 2025, on fêtera les trois cents ans de sa naissance mais je crois qu'il est encore vivant. C'est un magicien, il a échappé à la mort.

Un grand bruit sourd résonne dans l'amphithéâtre, comme si on avait frappé avec le bâton qui marque le début des représentations théâtrales. Un seul coup, pas trois. Nous nous regardons surpris et nous éclatons de rire, de concert avec le public.

— Voilà ! m'exclamé-je.

— Vous êtes aussi une magicienne ! Qu'est-ce qui vous lie à Casanova ?

— Je suis la fille de Casanova ! dis-je en désignant mon père qui incline la tête.

Le public est coupé dans son rire, une porte s'ouvre, un homme crie *fuoco !* Le public évacue l'amphithéâtre dans une grande bousculade. Je perds mon père de vue, Federica n'est plus sur scène. Un homme m'exhorte à sortir. Je suis la dernière à quitter l'amphithéâtre.

Parmi les gens massés dans la rue, devant l'université, je retrouve mon père et Federica qui se tiennent côte à côte sans un mot, mon père a les larmes aux yeux, je suis le regard de Federica : des flammes s'échappent des lucarnes de l'université.

10

— Pourquoi tu ne me l'as pas dit ?

Mon père est étranglé par les sanglots. L'avion décolle. Il se calme un instant, surpris par la forte poussée des réacteurs, et redouble de pleurs quand l'avion se stabilise en l'air.

— Regarde, on voit la fumée qui s'échappe de l'université.

— Tu m'as menti.

— À quel moment je t'ai menti ?

— Tu m'as parlé d'un homme.

— Je ne voulais pas te faire de la peine mais quand même te détourner d'elle.

— J'ai pensé que c'était moi !

— Parce que tu ne penses qu'à toi, qu'à ton plaisir.

— C'est ça l'amour.

— C'est arriver à Venise en pleurs pour une femme, c'est ne rien voir de toute cette beauté, c'est repartir en pleurs pour une autre femme. C'est merveilleux, l'amour !

— C'est ce qui me fait vivre.

— J'ai compris, mais à soixante-neuf ans, ça serait bien de passer à autre chose.

— Non ! Sans amour, je meurs.

Il a presque crié. Et il pleure dans ses mains.

Je ne sais plus quoi dire. Je pense à Casanova qui ne voyait rien des villes, de la nature, il ne s'extasiait pas devant leur beauté, elles n'étaient que des décors de ses aventures, de ses intrigues amoureuses.

Mon père a passé une vie à cultiver la terre, à l'ensemencer, à regarder le ciel, à attendre les beaux jours, puis la pluie, puis le soleil pour sécher les céréales avant les moissons, puis le fruit des récoltes à la pesée à la coopérative, mais les cycles de la nature n'étaient rien d'autre que les paraboles de ses histoires d'amour. Dans son tracteur il admirait ses terres comme les réceptacles démultipliés de ses semences, les oiseaux dans leur ballet amoureux, le cerf dans son rut ; en traçant des sillons à dix kilomètres à l'heure, il écoutait les chansons d'amour sur Nostalgie et il pensait à ses conquêtes passées, à sa maîtresse, et celles qui viendraient, et il regardait l'horizon, le soleil levant, avec émotion, il croyait dans les éléments, dans leur magnanimité à lui apporter un nouveau printemps.

Oui, je suis bien la fille de Casanova. Son sang coule en bouillons dans mes veines mais je ne suis pas l'enfant accidentel d'une étreinte amoureuse, j'ai été désirée, attendue, reconnue et aimée. Mon père n'a pas fui sa paternité, il était dans la salle d'accouchement, il a changé mes couches, il m'a donné mon premier bain d'été dans l'eau douce du lac d'Aiguebelette, il m'a fait marcher dans la terre glaise de Bourgogne, il m'a vue tomber, il m'a relevée, il m'a emmenée avec lui des journées entières, il m'a montré les semis et les récoltes, il m'a sans doute présentée à ses maîtresses dans ce grand ensemble où l'amour est la toile de fond, il m'a élevée, il a fait au mieux, avec son travail et sa vie d'homme.

On se figure la grande difficulté d'être parent quand on le devient soi-même, de se tenir sur cette ligne de la présence à soi-même, à sa propre vie et à l'enfant.

À Paris, mon père pleure dans le taxi, le chauffeur me propose de choisir une station de radio, le chagrin de mon père parasite ma pensée, je dis Je ne sais pas, ce que vous voulez, le conducteur met une musique antillaise joyeuse, il monte le son, mon père se calme.

Il se remet à pleurer dans la rue en regardant le taxi qui s'éloigne.

Nous entrons dans l'appartement, Samuel dort sur le canapé devant un film japonais. Mon père s'avance jusqu'au canapé, Samuel sursaute en le voyant en larmes planté devant lui. Il m'interroge du regard, je hausse les épaules. Il demande à mon père qui s'assied près de lui :

— Qu'est-ce qui se passe ?

— Je suis un homme fini, je ne plais plus aux femmes.

— Mais arrête, t'es beau, mon Armand, dit Samuel qui passe un bras autour des épaules de mon père, qui laisse tomber sa tête contre l'épaule de Samuel. Qu'est-ce qui s'est passé ?

— J'ai été repoussé par une femme, littéralement repoussé alors que j'essayais de l'embrasser. Pour la première fois de ma vie !

— En pleine alerte incendie ! Et elle est lesbienne, papa !

— Tu me disais qu'elle était sous le charme.

— Je me suis trompée ou peut-être qu'elle était sous le charme mais sans arrière-pensée. On peut être sous le charme et ne pas forcément vouloir coucher !

— Elle était dans la séduction, je connais les femmes.

— C'est moi qu'elle cherchait à séduire ! J'en suis la première surprise. Et moi aussi je l'ai repoussée quand elle a essayé de m'embrasser. Elle a accepté sa défaite sans drame. Je lui ai même fait mal au dos en la repoussant contre une colonne.

— Quelle femme, quelle alerte incendie ? demande Samuel.

— La professeure italienne qui m'a invitée. Un incendie s'est déclaré pendant la conférence, on a tous été évacués.

— Et elle a essayé de t'embrasser à ce moment-là ?

— Non, c'est papa qui a essayé de l'embrasser pendant l'incendie. Moi, elle a essayé de m'embrasser la veille à la Biennale. Oui, je sais c'est cocasse ! dis-je en riant.

Je pense : Casanova aurait adoré ce mélange, le père et la fille autour de la même femme, le vaudeville en continu.

— Comment ça, elle a essayé de t'embrasser ? demande Samuel.

— Elle a posé ses lèvres contre les miennes.

— Donc elle a réussi à t'embrasser.

— Juste avant que je ne la repousse.

— Pourquoi tu ne l'as pas repoussée avant ?

— Parce que je ne l'ai pas vue venir.

— Ça t'a fait quelque chose ?

— Samuel, ça n'est pas le moment !

— Si, j'aimerais comprendre. Tu pars à Venise soi-disant pour travailler, tu emmènes ton père pour lui changer les idées. Il revient, plus mal qu'en partant, c'est dire, et toi tu as embrassé une femme !

— Je n'ai pas embrassé une femme. Elle m'a embrassée contre ma volonté.

— Tu t'es quand même laissé embrasser.

— Je n'ai rien pu faire, c'est allé très vite.

— La professeure en plus ! Tu vas me faire croire qu'il n'y a eu aucune tentative d'approche avant.

— Absolument pas ! Je communiquais uniquement avec sa secrétaire.

— Elle a senti une ouverture si elle a osé t'embrasser.

— Elle s'est trompée, elle a reconnu qu'elle n'avait suivi que son désir.

— Elle avait peut-être fait des recherches Internet sur ta sœur.

— Il n'y a rien sur l'homosexualité de Marion sur Internet. Et je ne vois pas le rapport. Je ne suis pas ma sœur ! Je n'ai jamais été attirée par une femme, je n'ai pas envie de coucher avec une femme, je ne me vois pas au lit avec une femme ! C'était l'occasion avec la professeure, qui est une belle femme, à Venise en plus, mais non, je n'ai pas eu envie ! Comme la professeure n'a pas eu envie d'embrasser papa, qui est pourtant irrésistible, parce qu'elle est lesbienne !

— Une belle femme comme ça, c'est tellement dommage, murmure mon père, maintenant allongé sur le canapé tandis que Samuel se tient assis au bout.

— C'est comme ça, elle n'aime pas les hommes, c'est son droit, et ça n'est pas contre toi !

— Quand même, je ne plais plus comme avant. Je n'ai jamais été repoussé par une femme.

— Par une femme qui n'aime pas les hommes, ça ne compte pas, dit Samuel.

— C'est quand même une femme ! répond mon père.

— Oh, je n'en peux plus ! J'ai envie de repartir à Venise.

11

— Inscris-le sur un site de rencontres !

Ma mère éclate de rire.

— Maman, c'est sérieux, il va mal.

— Je suis sérieuse ! Ça fait plus de deux semaines qu'il déprime sur ton canapé, Sylvie ne reviendra pas, je la connais, elle est têtue comme une bourrique ! Tu pensais que Venise lui ferait du bien, c'était une bonne idée mais ça l'a fini, cette histoire avec cette professeure, dit-elle en riant.

— Mais enfin, elle préfère les femmes, il faut que je le dise dans quelle langue ?

— Ton père a du mal à comprendre. Il les a toutes eues !

— Maman, tu cautionnes.

— Je cautionne quoi ?

— Tu cautionnes le système patriarcal.

— Ça veut dire quoi ça ?

— Tu trouves normal que papa t'ait dominée et trompée toute ta vie.

— Je l'aimais. Tu sais toutes les qualités qu'il a. D'ailleurs il s'est beaucoup occupé de vous quand vous étiez petites. Ce n'était pas mon truc d'être mère. Je ne savais pas faire. C'est ta grand-mère et ton père qui m'ont appris. J'avais beaucoup de peurs, je n'avais pas confiance en moi. Et en plus je n'étais pas un bon coup !

— On fait l'amour à deux. Il n'a sans doute pas été assez à ton écoute.

— J'étais complètement coincée et lui un obsédé sexuel. Je ne pouvais pas suivre sa cadence infernale, c'était trois quatre fois par jour. Ça pouvait durer des heures. Ne crois pas qu'il ne pensait qu'à son propre plaisir. Mais c'était trop pour moi. J'aurais dû essayer les femmes comme ta sœur, ça m'aurait peut-être mieux convenu mais je ne me vois pas, c'est dommage. Moi aussi j'ai eu une proposition une fois, au club d'équitation où je t'emmenais.

— Ah bon ?

— Oui, la mère d'une des élèves, elle avait des aventures avec des femmes à côté de son mariage.

— Quelle élève ?

— Je ne me souviens plus, c'est vieux. Une belle femme mais quand elle m'a montré ses seins, je ne me suis pas sentie à ma place. Mais toi qui es curieuse et d'une autre génération, tu n'as pas eu envie d'essayer avec cette professeure ?

— Ça n'est pas une question de curiosité ou de génération. J'aime les hommes.

— Et pourtant c'est pas terrible non plus avec Samuel !

— Pas pour les mêmes raisons qu'avec papa. Je crois qu'il y a un grand malentendu dans la sexualité entre les hommes et les femmes. La sexualité des hommes est imposée aux femmes, sans dialogue, sans égard pour le corps des femmes. Casanova était dans un dialogue continu avec ses partenaires, il n'a cessé d'approfondir la connaissance de leurs corps et de donner le meilleur de lui-même pour leur apporter du plaisir.

— Ton père aussi !

— Je dis Casanova pour ne pas dire mon père. Ce sont des exceptions. Et encore, votre sexualité a été un échec. Et tu ne peux pas t'en attribuer la faute. En tout cas, l'avoir à la maison, parler avec lui m'amène à penser ma propre sexualité. Et c'est un impensé, ce qui est aberrant de la part d'une femme de bientôt quarante ans, dont le métier est de penser. Et alors que je suis avec Casanova tous les jours de ma vie à lire des choses sur l'amour et le sexe. C'est un sujet que je contourne, qui ne m'intéresse pas comme si mon corps était purement fonctionnel. Mon modèle féminin c'est toi et tu as toujours décrit la sexualité comme un mauvais moment à passer.

— C'est de ma faute, c'est toujours la faute des mères.

— Il est vrai qu'on reproche toujours beaucoup plus aux mères qu'aux pères dont on n'attend moins et c'est injuste. La première approche, c'est ce qu'on perçoit à travers la sexualité des parents. Puis les images véhiculées par la société dans les livres, les films, les discours des hommes et des femmes, qui ne sont pas des dialogues mais des monologues juxtaposés, n'ont fait que confirmer cette première approche. Et la vie, les agressions sexuelles, si nombreuses.

— C'est comme ça, que veux-tu !

— Ça n'est pas comme ça, non ! On peut repenser les choses à l'échelle individuelle, dans son foyer, dans son lit. C'est l'individu qui fait changer la société.

— Tu y arrives toi ?

— Non !

En écrivant sur la sexualité de mon père, j'ai la sensation d'explorer un territoire interdit. Casanova est un appui, un tiers neutre et divertisseur, pour ne pas me retrouver dans un huis clos frontal et gênant avec mon père, il donne du champ et de la perspective, il offre la possibilité du rire.

Je réalise aujourd'hui qu'en choisissant Casanova, sans beaucoup réfléchir, je cherchais à comprendre mon père. Je détestais mon père, je l'ai approché par un autre homme, un homme mort il y a plus de deux cents ans, un homme qui par l'écriture de sa vie reste bien vivant mais néanmoins inoffensif, un homme qui se décrit de l'enfance à la vieillesse donc pas seulement dans sa gloire et sa puissance mais aussi dans les états de vulnérabilité et de dépendance du commencement et de la fin, un homme qui m'a fait envisager la vie sous l'angle de la légèreté, de l'aventure, de la joie, du rire dans le tournant que représente l'adolescence. Je m'étais inscrite dans un amour impossible pour ce professeur d'arts plastiques de deux fois mon âge, limité dans ses mouvements, doux, contemplatif, l'opposé de mon père finalement, impossible parce qu'il ne voulait pas de moi, son élève mineure, et moi je ne voulais que de lui, pas des garçons de mon âge qui voulaient coucher, je voulais celui que je ne pouvais pas avoir et qui pourtant ne pouvait pas courir, et je voulais mourir de cet amour absolu. Et Casanova est arrivé et a cassé cet édifice mortifère, ce mausolée, il m'a fait voir comment la vie pouvait être une grande aventure.

— Tu as raison, maman, je vais l'inscrire sur un site. Au point où j'en suis.

— Tu vas voir, ça va bien marcher. Beau comme il est. Tu fais quoi, ça passe mal...

— Oui, désolée, je suis dans l'ascenseur, je passe chez moi poser mon ordinateur et prendre un goûter puis je fonce chercher Maya, je suis en retard. On s'appelle plus tard.

— Quelle vie !

— Une vie de femme, maman, tu as eu la même avant moi.

Je rentre dans l'appartement, mon père est allongé sur le canapé, les yeux dans le vague, exactement dans la position où je l'ai quitté le matin.

— Ah, tu as quand même enfilé un jean et une chemise propre, bravo !

— Oui, je me suis douché.

— Il y a du progrès ! Où est Samuel ?

— Il est allé faire changer la pile de sa montre.

— Grande activité ! Tu viens avec moi, on va chercher Maya à l'école.

— Ah non, je ne me sens pas la force.

— Tu viens avec moi, je vocifère. Tu n'es pas sorti de la journée ! Enfile tes chaussures, on part maintenant ! J'ai eu maman au téléphone.

— Moi aussi, ce matin.

— Je sais. Elle a eu une idée après votre appel : que je t'inscrive sur un site de rencontres.

Une lueur passe dans son regard.

— Ah bon ? demande-t-il faiblement.

— Tu veux ?

— Oui, je veux bien. Elle est gentille, ta mère.

— Elle t'aime vraiment.

Nous marchons silencieusement jusqu'à l'école dans ces jours longs du mois de juillet, je dis C'est la température parfaite, mon père ne rebondit pas, il ne parle pas des moissons qui approchent, il n'est plus concerné par les récoltes, par le métier qu'il a exercé toute sa vie, dont il s'est retiré, mais auquel il reste connecté par la ferme qu'il a gardée, le matériel, les champs tout autour qu'il fait exploiter, les animaux et son grand potager.

— Tu vas la chercher. C'est au premier étage, tu mets les surchaussures qui sont là dans l'entrée, elle a un casier à son nom où il y a ses chaussures, n'oublie pas son doudou.

Après dix bonnes minutes, il redescend avec ma fille dans les bras et son lapin vert. Nous avançons jusqu'au square.

— Maman, maman !

Je zigzague entre les enfants du square. Je tends les bras à ma fille qui a peur en haut du toboggan.

— Essaie de descendre quand même ma chérie, je suis là.

— Non, j'ai peur. Je veux Papi Tracteur.

Je me tourne vers mon père, assis sur le banc, je fais plusieurs gestes avant qu'il me voie. Il se lève et s'approche.

— Papi, dans les bras.

— Oui, mon cœur, viens, dit-il dans un sourire forcé.

Je me souviens qu'il m'appelait *mon cœur*, je me souviens de ses bras qui m'enveloppaient, de la veine qui courait sur le biceps, de ses poils soyeux, décolorés par le soleil, je me souviens de l'odeur du blé coupé, et j'ai envie de pleurer de la succession des pensées que mon enfance est engloutie et qu'elle vit toujours en moi ; les images me viennent saccadées comme dans un film super-huit.

Je m'éloigne un peu pour les regarder, ma fille en robe en tulle rose, ma fille qui ne veut porter que des robes avec des froufrous et des paillettes, et des collants, qui se rêve en princesse, qui se balade avec mes chaussures à talons dans l'appartement, qui apparaît dans le salon avec du rouge à lèvres tout autour de la bouche et des boucles d'oreilles à clips, cadeaux de ma mère, que je ne porte jamais, moi qui ne voulais porter que des vêtements de garçon et les cheveux courts, et faire pipi debout, ma fille qui me ressemble dit-on mais qui est un être différent de moi, avec ses propres goûts et ses propres peurs, qui se tient dans les bras de mon père, ses bras toujours aussi forts de l'homme du dehors, dans sa chemise de Venise, des bras qui se dressent pour la hisser sur la plateforme du toboggan, qui restent levés vers le beau ciel d'été pour la protéger, ma fille qui descend le toboggan, mon père qui applaudit, qui soudain rayonne au milieu des mères quarantenaires qui parlent d'une voix doucereuse à leurs enfants en vêtements oversize beiges, et des nounous noires assises en bandes dont les yeux naviguent des jeux d'enfants à leurs téléphones, et de quelques pères aux regards battus ; une arène et un monde miniature où les classes sociales voisinent, les aires de jeux parisiennes.

— Maman, j'ai soif ! dit ma fille impérieuse.

— J'ai oublié sa gourde. Je vais acheter une bouteille à l'épicerie, j'arrive, dis-je à mon père.

Lorsque je reviens avec la bouteille, je les regarde du plus loin que je peux : mon père fait tourner ma fille dans les airs en parlant à une blonde aux yeux bleus que j'ai déjà vue au square avec son fils métis aux cheveux blonds. Il pose Maya et fait tourner le fils sous le regard ébahi de la mère. Les deux enfants partent en courant en direction de la balançoire, mon père parle à la femme qui éclate de rire, ils se tournent pour regarder les enfants. Ma fille balance trop vite la balançoire à deux places, ça fait peur au garçon qui se met à pleurer, mon père, doigt levé, sermonne ma fille, il regarde la blonde en secouant la tête dans un tendre sourire, elle le regarde avec gratitude.

J'entre dans le square, il ne me voit pas, je pose la bouteille d'eau à côté de nos affaires, je cherche le regard de mon père qui fait maintenant des flexions-extensions, je sors à reculons, je m'éloigne du parc, je lui envoie un message : « Je rentre travailler encore un peu, on se retrouve à la maison. »

Je m'assieds dans un rayon de soleil en terrasse, je commande une bière, j'allume une cigarette, illuminée par la vision de ma fille dans les bras de mon père souriant à une mère, vision ouvrant soudain la perspective de la résurrection de mon père par la fréquentation des aires de jeux pour enfants, champ possible de rencontres de parents captifs ; soulagement de ma charge de mère et de fille. Je joue avec l'idée qui se mélange à celle de l'inscrire sur un site de rencontres. J'ai désormais deux plans d'action, je ferme les yeux dans le soleil encore chaud.

12

Alors que je suis en train d'écrire dans la baignoire, et que le jour se lève dans la lucarne au-dessus de ma tête, la porte s'ouvre doucement, mon père passe la tête dans l'embrasure et murmure :

— Je suis prêt.

Il est rasé, coiffé, il sent le savon à l'amande de la petite salle de douche, il porte une chemise.

— Déjà, il est 7 heures !

— Oui je n'arrivais plus à dormir.

— OK j'arrive.

J'enregistre mon fichier, qui affiche 36 pages et 20 666 mots.

Mon père sait que j'écris sur lui, il me l'autorise, il est fataliste sur sa nature, en tire quand même une sorte de fierté et comprend ce qu'elle peut avoir de romanesque, c'est peut-être aussi une nouvelle aventure que sa fille écrive sur lui, mais à mesure que je plonge dans son intimité, dans celle de mes parents, je me sens en faute. Ça n'est pas la sensation de le trahir ou de lui faire du mal puisqu'il sait et j'écris ce qu'il me dit, c'est encore une fois la peur de m'aventurer sur ce territoire interdit et écœurant de la sexualité de mon père. Et ce que je m'apprête à faire est une nouvelle étape de l'aventure.

Je me connecte à Match, mon père a refusé un site de rencontres pour seniors. Il ne se pense pas en vieux mais il ne me demande pas d'indiquer un autre âge que le sien.

J'entre son adresse mail, il choisit un mot de passe.

— Je vais t'installer l'appli sur ton téléphone. Il faut indiquer la tranche d'âge que tu recherches.

— Cinquante/soixante, c'est bien.

— Ah OK, passé soixante, ça ne t'intéresse pas ?

— Je préfère des femmes un peu plus jeunes.

— Oui bien sûr, tant qu'à faire ! Il y a de belles femmes de soixante-cinq/soixante-dix ans, regarde maman et Sylvie.

— J'ai connu Sylvie avec quinze ans de moins et ta mère, je l'ai connue dans toute sa beauté. On vieillit ensemble, on s'habitue, je ne veux pas commencer avec une femme de mon âge.

— Et si les femmes raisonnaient comme toi, tu resterais sur le carreau.

— Ça les rassure d'avoir un homme plus âgé.

— C'est surtout qu'elle ne pense pas immédiatement au sexe. Toi ce qui te vient en premier, c'est une image sexuelle ?

— Oui, toujours.

— Pour une femme, ça peut être l'image d'un moment de complicité, un échange de regard au restaurant, un film au coin du feu, une balade à vélo.

— C'est sûr, avec l'âge les femmes se désintéressent beaucoup plus du sexe que les hommes. C'est hormonal. C'est pour ça que je veux une plus jeune, pas non plus une femme de ton âge, mais cinquante-cinq/soixante, ça serait bien.

— Alors mettons cinquante-cinq/soixante.

— Non c'est une fenêtre trop restreinte.

— Ne t'inquiète pas, tu devrais avoir le choix à Paris mais d'accord on met cinquante/soixante.

— Avec toutes les belles femmes qu'il y a, dit mon père qui se perd dans une rêverie.

— Il faut des photos. Maman m'a envoyé celles-ci.

— Ah oui, les photos de son mariage.

— Allez, on choisit cette photo avec ton costume et j'ai retrouvé celle-ci aussi, où tu es plus décontracté.

— Oui, c'est bien. Peut-être une avec Maya, dit-il.

— Absolument pas, tu laisses ma fille en dehors de Match.

— Ça plaît toujours un grand-père qui s'occupe de sa petite-fille.

— J'ai vu que ça marchait bien hier au square !

— Tu m'as vu discuter avec la jolie maman ?

— Oui. Tiens, il y a cette photo aussi où tu es dans ton jardin.

— Tu crois que ça peut marcher à Paris ?

— Tu es un homme de la campagne, c'est bien de le montrer.

— C'est vrai que c'est à la mode la campagne, avec tous les reportages, les films qu'on voit.

— Voilà, elles aiment la campagne, les Parisiennes, surtout quand la campagne vient à Paris! Les photos c'est bon. Il faut mettre une phrase de présentation ou d'introduction.

On se regarde en réfléchissant.

— Envie d'amour et de plaisir.

— Oh non, papa, tu vas les faire fuir! Il ne faut pas que tu sois trop direct, trop dragueur. Essaie d'être un peu distant, mystérieux.

— Envie de vous découvrir.

— Ah non, il faut retirer envie, ça fait sexuel, et découvrir, ça fait : je veux vous déshabiller!

— C'est toi qui as l'esprit mal tourné.

— J'essaie de me mettre à la place d'une femme inscrite sur un site de rencontres.

— Tu ne l'as jamais fait?

— Non, j'ai connu Samuel il y a seize ans. Et avant, non. Elles peuvent avoir peur.

Je me souviens de l'une de mes collègues professeures qui allait sur un site de rencontre sexuelle, il n'y avait aucune discussion, les hommes envoyaient la plupart du temps des photographies de leur sexe en gros plan, ils lui demandaient des photos d'elle et elle envoyait en retour sa poitrine ou son sexe, parfois des vidéos de masturbation.

— C'est sûr qu'avec toutes les histoires de prédateurs sexuels.

— Voilà, ça ne passe plus du tout d'être insistant et de mettre la pression comme vous faisiez jusqu'à MeToo.

— Ne m'inclus pas dans le *vous*! Je n'ai jamais forcé une femme.

— J'espère mais tu es quand même bien dragueur...

— Si je sens qu'il y a une ouverture par une conversation qui s'engage, un sourire, oui, mais je n'insiste pas. J'aime le sexe mais je ne suis ni un prédateur ni un pervers, ça n'a rien à voir. Quand je lis toutes ces révélations, je suis effaré. C'est de la violence et de la domination, ça n'a rien à voir avec le désir. Chez un homme normalement constitué, le consentement de l'autre est la clé du plaisir. J'ai repris la lecture de Casanova ce matin.

— Ça te plaît?

— Oui, ça se lit bien, c'est une vie d'homme bien remplie! C'est ça que tu es en train de faire sur moi?

— Non, je ne vais pas écrire trois volumes de la biographie de mon père, j'écris sur mon père, c'est très différent, c'est mon récit. Bon, qu'est-ce qu'on met en phrase d'accroche? Il faut un peu d'humour. Gentleman Farmer?

— Oui, c'est pas mal mais ça fait le paysan en goguette à Paris.

— Tu as raison.

— Pas sérieuses s'abstenir?

— Pourquoi pas c'est drôle! Ensuite il faut mettre quelques infos sur toi.

J'écris *Vierge.*

— Pourquoi mon signe astrologique?

— C'est demandé. Il y a des femmes pour qui c'est important. Tu connais ton ascendant?

— Non.

— Ton heure de naissance.

— Je ne sais plus. On oublie les astrologues !

— Types de relations recherchées ?

— Sérieuses !

— Arrête.

— Je veux vivre une histoire, je veux tomber amoureux ! Les aventures sans lendemain ne m'intéressent pas.

— Tes passions ?

— Les femmes ! dit-il en éclatant de rire.

— Au pluriel, ça va plaire !

— Ou alors le corps féminin, c'est vrai, c'est ma véritable passion. Chaque fois, c'est différent, c'est toujours une découverte.

— Mon père, soixante-neuf ans ! Attends, je note. Ma véritable passion c'est le corps féminin ! On va mettre des sports : vélo, randonnée. La nature, c'est quand même ton métier. Le cinéma, la lecture. On va ajouter le bon vin, ça fait bon vivant sympathique. D'autres choses ?

— Non, c'est bien.

— Il faut choisir l'abonnement.

— Il faut payer ?

— Oui.

— Les femmes paient aussi ?

— Je pense, oui.

— Je n'aurais pas eu besoin de ça il y a encore cinq ans.

— Ça n'est pas une question d'âge, c'est lié à la vie moderne, à la solitude des villes, et il faut payer parce que Match est une société de services qui cherche à faire du profit sur cette solitude. Il y a trois types d'abonnement : l'abonnement essentiel, nombre de likes et matchs limités…

— C'est quoi match ? Et like ?

— Match, c'est quand tu accroches avec quelqu'un et like, c'est pour dire j'aime.

— D'accord. C'est quoi les différences de prix ?

— *Essentiel*, dix euros par mois, *Plus*, quinze euros, et *Platinium*, vingt-deux euros. Avec *Platinium*, tu n'as pas de limite de likes, de matchs, et tu peux booster ton profil pour avoir plus de visibilité.

— On prend *Platinium*, je ne veux pas être limité.

Je finalise l'abonnement.

— C'est bon, tu es inscrit ! Donne-moi ton téléphone que je te télécharge l'appli. Tu notes ton mot de passe : *SuperArman1953*.

En le prononçant, j'entends super amant.

— Voilà, c'est parti. Tu es localisé, donc les premiers profils qui apparaissent sont les femmes les plus proches de toi. Par exemple, celle-ci, Isabelle…

— Tu as bien mis cinquante/soixante en fourchette d'âge ?

— Oui, elle a cinquante-neuf.

— Elle fait plus, regarde son cou.

— Elle ne te plaît pas, donc tu pousses sa photo vers la gauche. Ah non, mince, à gauche, c'est pour liker. Donc c'est à droite pour ignorer le profil.

— Là on a *Annabelle*. Cinquante et un ans. En train de faire de l'escalade en short et débardeur. La sportive.

— Beau corps mais on ne voit pas bien son visage.

Mon père approche son visage de l'ordinateur.

— Attends, il y a d'autres photos, tu peux les faire défiler comme ça.

— Ah oui, belle femme. Elle me fait penser à Jacqueline.

— Elle est mieux que Jacqueline, elle n'était pas belle ta Jacqueline.

— C'était un ensemble.

— Maman, c'était la plus belle.

— C'est vrai. Tu peux liker.

— Attends, on lit quand même. Elle est directrice qualité...

— Ça veut dire quoi ?

— Je n'en sais rien. Elle vit à Levallois. En phrase d'accroche, elle a écrit : « On me dit pétillante, j'aime la simplicité, le fun, l'humour. » Passions : « l'escalade, la course à pied, la randonnée », un point commun, « la danse », là ça sera sans toi, « le champagne pour ses bulles et ses faibles calories », « je ne recherche pas le grand amour mais une histoire saine et sympa ».

— Bien, vas-y, like.

— Tu peux même mettre un cœur si tu veux, dis-je.

— En plus de faire glisser sur la gauche ?

— Soit tu fais glisser sur la gauche, ce qui signifie qu'elle te plaît bien, soit tu mets un cœur, c'est le niveau au-dessus.

— Allez, un cœur !

Sur son téléphone, s'affiche Florence. Mon père s'empresse de refuser l'appel.

— Je croyais que tu n'avais plus de contact avec elle.

— Elle a accepté de parler. Elle ne savait pas que c'était fini avec Sylvie, que j'étais à Paris chez toi.

— Pourquoi tu ne me l'as pas dit ?

— Ça date d'hier. Je lui ai envoyé une photo au square avec Maya et je crois que ça l'a attendrie.

— Tu lui as écrit quoi ?

— Que je n'étais pas un homme parfait mais que je m'efforçais d'être un bon grand-père.

— Tu t'occupes de ma fille pour la première fois en trois semaines et tu t'en sers direct !

— Je me sentais mieux.

— Je ne veux pas que tu envoies des photos de ma fille à cette femme ni à aucune femme.

— D'accord, pardon.

— Qu'est-ce que tu comptes faire avec elle ?

— Elle voudrait avoir une vraie histoire.

— Je la sens pas du tout, cette femme. Elle passait quand même des appels anonymes à Sylvie avec une voix de robot.

— Elle avait bu.

— Ah bon, elle boit ?

— Ça lui arrive quand elle ne va pas bien.

— Tu veux avoir une histoire avec elle ?

— Non, elle est associée à la rupture avec Sylvie, je veux une histoire nouvelle, sans lien avec le passé.

— Pourquoi tu la rappelles alors ?

— Pour ne pas rester sur des incompréhensions, pour qu'on ne soit pas fâchés. Et ça me fait du bien de savoir que je ne suis pas seul.

— Tu es seul là ?

— J'ai besoin de me sentir aimé et désiré. C'est un ensemble, j'ai vu que je plaisais à la maman au parc, je me suis senti porté et j'ai écrit à Florence. Qu'est-ce qui se passe là ?

Il me tend son téléphone.

— Il y a deux cœurs, ça veut dire que tu as matché. Ah mince, c'est la première, Isabelle, qu'on a likée par inadvertance.

— C'est pas grave, vas-y !

— Elle ne te plaisait pas.

— Pour commencer, c'est bien. Qu'est-ce qu'il faut faire maintenant ?

— Non mais attends, il va y en avoir d'autres. Oh, c'est pas vrai !

Florence s'affiche encore sur son téléphone.

— Je vais lui écrire que je suis occupé...

— À t'inscrire sur Match ! Moi il faut que je bosse, encore cinq minutes et on arrête.

Je fais défiler les fiches.

— Qu'est-ce que tu fais ?

— Je te montre qu'il y en a plein.

— Tu les élimines si tu les envoies sur la droite. Arrête, je veux toutes les regarder. Stop, celle-là !

— Malika, soixante ans. Vas-y, regarde tout seul.

— Reste à côté de moi.

— Tu appuies sur la flèche pour voir les autres photos.
— Elle est bien, elle a du chien.
— Ensuite, descends pour voir les infos.
— « J'aime bien rire et chanter, attention je mesure 1,80 m à plat », ah oui, c'est un grand cheval ! Passions : « équitation », ah voilà, « parachutisme, course d'orientation, toujours partante ». Type de relation recherchée : « la monogamie ».
— Bon, eh bien laisse-la tranquille !
— Ce qu'elle veut, c'est l'amour, c'est vibrer. Ça la rassure d'écrire monogamie.
— Tu sais mieux ce que les femmes veulent qu'elles-mêmes.
— Absolument ! Allez, un cœur !
— Tu vas faire du saut en parachute ?
— Pourquoi pas !
— Il est vrai que tu étais prêt à vivre à Venise !
— Et si je veux écrire un message ?
— Tu appuies sur la petite enveloppe là et tu écris.
Il écrit : « Alors partante pour boire un verre ? »
— C'est trop dragueur.
— Elle dit qu'elle est toujours partante.
— Un peu moins direct.
— Vous êtes charmante, j'aimerais en savoir plus.
— OK, si tu veux. Allez, c'est bon, tu connais tout maintenant, je bosse.

Il reste à côté de moi, penché sur son téléphone, sur le visage d'une autre femme.
— Tu ne veux pas aller sur le canapé ?

Il se déplace jusqu'au canapé, les yeux rivés à son téléphone.

Je me plonge dans mes mails. Lorsque je relève la tête quinze minutes plus tard, je le vois assis au bord du canapé, qui sourit à son téléphone.

— Ça va, ça marche bien ?

— Super.

Ses doigts courent sur son téléphone.

— Tu écris à quelqu'un ?

— Oui.

— Je vais réveiller Maya, tu veux l'emmener à l'école ?

Pas de réponse.

Sur la télévision en sourdine, les cyclistes du Tour de France grimpent un col en file indienne, mon père et Samuel sont penchés sur le téléphone de mon père, je les regarde de dos, leurs épaules se touchant presque, les gros bras de Samuel, son corps massif emplissant son maillot, effleurant mon père, sec et musclé, ses cheveux épais qui ont poussé et qu'il ramène sur le haut de sa tête, les cheveux ras de mon mari encerclant sa calvitie. L'inquiet au physique de lutteur. Le play-boy élancé sur ses jambes de gazelle. Le juif ashkénaze dans la cage de ses angoisses, qui sait jouir, qui sait vivre, et qui dans le même mouvement, comme s'il voyait l'endroit et l'envers, le meilleur et le pire, a peur de jouir et de vivre, de faire trembler la terre et de libérer les fantômes. Le séducteur qui ne vit que pour jouir. Le voyageur qui a le monde pour patrie, qui préfère les villes pour que le bruit d'autres vies recouvre le silence, qui n'aime pas l'aube et la solitude. Le paysan qui ensemence la terre en solitaire, qui connaît la nature et ses secrets, qui ne cesse d'explorer le corps féminin, territoire renouvelé. J'ai choisi un homme qui ne ressemble pas à mon père, je les ai réunis, ces deux hommes si différents, et ils s'entendent, je suis le pont entre eux, entre deux mondes. Ils sont dans mon paysage depuis si longtemps que la question de l'amour ne se pose plus. Ça n'est pas un paysage qui change selon les saisons, c'est un papier peint sur un mur.

Les épaules de Samuel tremblent, pris d'un fou rire, mon père dodeline de la tête en murmurant. Je m'approche, je contourne le canapé, je les regarde de face, le sourire américain et les yeux verts du père, la tête ronde et barbue, le nez d'aigle, les yeux de braise hérissés de longs cils du mari.

— Et celle-là, Véro, cinquante-deux ans, pas mal du tout, dit Samuel.

— Elle est à cinq cents mètres en plus, je n'ai pas beaucoup à marcher.

— Elle n'a pas l'air super bien foutue, dit Samuel.

— Faut voir en vrai, dit mon père.

Samuel rit.

— Ça va, vous voulez peut-être un café ? je demande.

— Ah oui, dit mon père.

— Je veux bien aussi, dit Samuel.

— Qu'est-ce que je lui écris ? demande mon père.

— Mets-lui juste un cœur et tu vois si elle mord à l'hameçon. Attends, Karine, soixante-deux ans, « pas de plan baise, pas de message du style : je vais faire chanter ton p'tit oiseau, je sors de la douche tu viens, tu m'invites chez toi », ça c'est la casse-couille ! s'exclame Samuel.

— Oui, dommage elle avait de beaux yeux, dit mon père.

— Tiens, Olivia, cinquante-neuf ans, elles sont souvent jolies les Olivia. J'ai eu une petite histoire en Grèce...

— Non mais ça va, Sam !

On remarque de nouveau le papier peint quand quelque chose change, l'apparition d'une tache, le trait de feutre d'un enfant.

— J'aide ton père.

— Tu aurais pu aussi amener Maya à l'école ! Et je crois que mon père se débrouille très bien seul.

— Oui, j'ai un premier rendez-vous demain !

— Ah bon déjà ?

— Avec Dominique, soixante ans, place du Marché-Saint-Honoré, pour boire un verre après son travail.

— C'est chic, dis-je.

— Elle est standardiste dans un cabinet d'avocats.

— Tu as un message ! s'exclame Samuel.

— C'est Malika, la grande qui fait de l'équitation, elle accepte de boire un verre ! Elle me demande où ?

— Tu peux faire aussi place du Marché-Saint-Honoré, tu enchaînes, une heure par femme ! dit Samuel en riant.

— Non, si je concrétise avec Dominique !

— Ah oui, tu as raison !

— Regarde, c'est une belle femme.

— C'est pas mon style, répond Samuel en scrutant l'écran.

— C'est quoi, ton style ? je demande.

— J'aime bien les femmes moins grandes, moins féminines, elle a l'air d'avoir une poitrine énorme…

Mon père lui donne un coup de coude. Samuel se tait, regarde mon père interrogatif.

— C'est Jeanne, ton style, enfin !

— Apparemment non, puisque ça ne lui vient pas à l'esprit !

— Mais si c'est toi, mon style, ça fait plus de quinze ans que ça dure !

— Et tu ne me vois plus, dis-je avec férocité.

— On vit ensemble ! Et toi, tu me vois encore ?

— Je te vois incrusté dans le canapé depuis des mois. Quand tu n'es pas là, le canapé garde la forme de ton corps. Tu parles du corps des femmes, tu commentes, tu juges mais tu t'es vu ! Tes bras, ton cou, ton ventre, tu as pris dix kilos en dix mois !

— Je suis déprimé.

— Tu es déprimé parce que tu es inactif. Tu ne fais pas de sport, tu n'as aucun projet…

— Je réfléchis à mon avenir.

— En regardant des films et en te bourrant de sucreries ! Tu t'occupes à peine de ta fille, je fais tout !

— Je fais la cuisine.

— Parce que tu aimes bouffer ! Tu ne fais que ce que tu aimes et moi je prends en charge toutes les contraintes.

— Comment ça, toutes les contraintes ?

— Les lessives, l'achat des vêtements pour Maya, les rendez-vous médicaux, l'école, l'organisation des activités, des vacances, de la maison, les factures, les comptes bancaires, les impôts, absolument tout, et ce sont des contraintes, c'est ce qu'on appelle la charge mentale, ça occupe mon esprit en permanence, en plus de mon travail qui demande justement de l'espace.

— Tu donnes des cours, c'est toujours pareil.

— Non, ça n'est pas toujours pareil, ce sont des humains et pas des robots en face. Et je fais un travail de recherche...

— Il n'y a plus rien à chercher sur Casanova. Tout a été dit.

— La recherche, ça n'est pas que des faits, la biographie, c'est une réflexion. Tu ne comprends rien ! J'en ai marre, je suis fatiguée de toi, de nous ! Il y a une chose qui me fait plaisir c'est d'écrire tous les matins. Un livre, un roman ! Dans la baignoire car il n'y a pas d'autre espace où je peux allumer la lumière, ne gêner personne.

— Mais pourquoi ?

— Pour m'exprimer autrement, plus librement. Sur Casanova, sur mon père, sur moi, sur nous.

— Pourquoi tu ne me l'as pas dit ?

— Parce que tu ne m'écoutes pas.

— Tu n'essaies pas de me parler, tu gardes tout pour toi. Je ne sais plus comment faire pour t'atteindre, te toucher ?

J'encaisse le choc et murmure :

— Peut-être qu'on ne s'aime plus, peut-être qu'on devrait aussi s'inscrire sur Match pour être vraiment regardés ?

13

De grands palmiers illuminent le ciel, se reflètent dans l'eau de la Seine à nos pieds. Maya s'est endormie dans la poussette avant le commencement du feu d'artifice. Dix jours ont passé depuis notre dispute et nous avons continué à vivre comme si rien n'avait été dit, nous raccrochant au matériel, évitant l'essentiel.

On peut vivre des mois, des années, une vie entière, en couple, dans une sorte de coexistence pacifique et égale où rien d'important et de profond n'est dit, où l'amour n'est pas déclaré, ni même pensé, où le sexe est oublié, où l'on s'endort le soir dans le même lit sans tendresse et sans un mot, dos tourné à l'autre qu'on n'effleure pas la nuit, où une sorte d'affection demeure dans le meilleur des cas, consolidée par l'habitude, où la haine est tue dans d'autres cas, où le sujet du couple est évité – c'est un acquis non questionné – où les silences sont confortables, où les conversations, s'il y en a, tournent autour de la vie matérielle et des vies des autres, où lorsque l'autre disparaît, on ne sait plus vivre car même si tout était figé, c'était comme une table d'orientation où chaque chose était à une place gravée dans le marbre, et même s'il ne restait que la haine, la haine disparaît elle aussi et c'était un appui, une manière d'exister dans l'adversité.

Nous n'avons pas atteint le stade de la haine Samuel et moi, nous sommes rassemblés autour de notre enfant, nos regards ricochent quand ils se croisent, se reportent sur Maya. Lorsque je le vois nu, mon regard glisse sur son corps comme sur un meuble, moi je cache ma nudité, non par peur d'éveiller son désir mais comme si mon corps nu était parfaitement déplacé dans notre relation non sexualisée. Il dort en caleçon, je dors en culotte et T-shirt et en pyjama l'hiver, il se colle contre moi la nuit, ou plutôt il s'agrippe à moi, les deux mains autour de ma taille, ses jambes autour de mes jambes, le matin, je me dégage de lui comme d'une prise de judo.

Nous avons des projets de vacances, nous partons dix jours en août sur une île grecque avec des amis de Samuel qui ont des enfants, puis à Mougeot chez mon père, nous parlons d'un voyage cet hiver en envisageant les contraintes d'un long voyage avec un enfant, des journées entières avec elle, nous étudions les hôtels avec des clubs enfants et leurs tarifs prohibitifs.

Nous n'avons pas d'autres projets communs, nous n'en avons jamais parlé ensemble mais il semble implicite que nous ne fassions pas de deuxième enfant – même si Maya commence à le réclamer – eu égard au long parcours de FIV qui a précédé sa naissance et de la charge que représente un enfant, dont nous avons pris la mesure, comme la plupart des parents, en situation, car l'omerta est grande sur la course de fond que représente la parentalité. Nous tenons un cap sans destination, en passant chacune des étapes de la vie, avec pour horizon un avenir qui ressemble à aujourd'hui.

Mon père prend une photo du bouquet final, il envoie la photo sans doute à l'une des femmes qu'il a rencontrées. Il semble s'être parfaitement établi dans une vie parisienne de sorties dans des bars, des restaurants, au théâtre, au cinéma, il va dans tous les quartiers selon les rendez-vous, il prend le métro ou le taxi, et même le vélo de Samuel qui dormait dans le local de la copropriété, dont il a changé les freins dans la cour. À cette occasion il a fait la connaissance de la gardienne de notre immeuble, italienne volubile de soixante ans. Un soir, alors que j'avais à peine franchi la porte cochère, elle est sortie de sa loge, comme si elle me guettait, et s'est immédiatement lancée dans une tirade sur la gentillesse de mon père, sa douceur pour un homme, son humour, sa capacité à changer les freins d'un vélo et a conclu par Il est trop beau, votre père, un vrai acteur de cinéma. Je l'ai rapporté à mon père :

— Je ne l'avais jamais remarquée avant.

— Parce que tu ne voyais rien.

— C'est joli Ornella comme prénom et c'est un beau petit brin de femme...

— Oui, oui elle a une poitrine énorme...

— Ça n'est pas ce que je voulais dire ! Son accent italien est charmant ! Elle vit seule ?

— Oui, son mari vit en Italie.

Pendant que je lui donnais toutes les infos que j'avais sur elle, il notait sur son téléphone. Je retrouve la rigueur organisationnelle de mon père. Il tient un agenda où il inscrit tout, même les sorties au square avec Maya où il a maintenant son petit réseau de mères et de grands-mères qu'il retrouve. En rose il inscrit ses cours d'aquabike et de stretching à la salle de sport du quartier, il a fait une semaine d'essai gratuit et il a pris un abonnement d'un mois, ce qui laisse penser qu'il est bien installé chez nous. Je n'ose évoquer la question de son départ tant il est heureux. Il tient des fiches de chacune des femmes qu'il rencontre, prénom, nom, âge, adresse, métier, passions, leurs histoires en mots-clés : « enfance en banlieue parisienne », « a élevé ses enfants seule », « a toujours vécu dans les îles » ; quelques phrases marquantes et ses observations ; pour Malika, sa devise kabyle, « plutôt rompre que plier », et « belle, intelligente, trop autoritaire ». Il a concrétisé avec Dominique : « Dominique Depardiou, 60 ans, 36 rue de la Convention Paris 15e, 50 mn de métro, standardiste dans un cabinet d'avocats international, parle quatre langues, mère allemande, père militaire, éducation stricte, deux filles, vivent à l'étranger, passionnée de théâtre, voyages, n'avait pas couché avec un homme depuis cinq ans, très sexuelle, beaux seins. »

Elle l'a invité à la voir dans une pièce amateure d'un théâtre du XVe arrondissement puis dans son petit appartement avec vue sur la Tour Eiffel et il est rentré en homme libre ; il s'est senti revivre lorsque le taxi a longé la Seine et qu'il a regardé les lumières la nuit. Il a aussi couché avec une femme mariée dans la cage d'escalier d'un hôtel particulier. Une nuit il n'est pas rentré du tout, j'ai trouvé le canapé vide à mon réveil, je n'avais pas de message, je me suis inquiétée, je l'ai disputé comme un adolescent. Il est un utilisateur assidu de Match, il parle des défauts de l'application, des voies d'amélioration, il aimerait être consulté pour donner son avis, il envoie des messages, des photos – Dieu sait quelles photos –, des cœurs – je vois apparaître des lignes de cœurs sur l'écran de son téléphone – il passe des heures en conversation dans ma chambre. En allant aux toilettes ou dans la salle de bains, j'entends qu'il parle de sa ferme, de sa maison avec une piscine, de son potager, de ses filles, de sa vie parisienne, du dernier film qu'il est allé voir, du livre qu'il est en train de lire, il évite soigneusement les Mémoires de Casanova.

En repartant à la conquête des femmes, en reprenant vie, il se remet à lire, je l'ai toujours vu lire, sur le canapé du salon, sur le lit conjugal, allongé sur les draps, pieds nus, sur un fauteuil pliant à la plage, dans son tracteur l'été dans l'attente de la récolte, plongé dans la solitude que représente la lecture. Ce grand actif arrêtait soudain sa course. Il consacrait du temps à la lecture qui pouvait sembler improductive, non lucrative, il gardait de l'espace mental pour d'autres vies que la sienne, un luxe dans son monde paysan où seuls l'effort et le labeur sont valorisés. Il semblait alors accessible, il était là, il ne nous échappait pas, il n'était pas *un courant d'air* comme disait ma grand-mère, et pourtant c'était encore une absence, c'était encore une vie en dehors de nous qu'il vivait. Les lecteurs sans bouger de leur vie, de leur canapé, sans partir, sans tromper, peuvent être des traîtres à leur vie réelle, à leurs familles.

À la fin du volume un des Mémoires, il m'a dit Je suis lassé de Casanova, j'ai dit Parce que tu as l'impression de te voir.

Nous demeurons toujours les enfants de nos parents, en le vivant d'aussi près dans ce huis clos avec mon père depuis presque un mois, je réalise qu'on n'échappe pas à son enfance, à ce qui s'est joué dans la toute petite enfance, dont nous avons très peu de mémoire, qui nous a pourtant entièrement imprégnés – en vieillissant des souvenirs remontent en réminiscence, en fulgurances, ils contiennent parfois des révélations. Nous sommes constitués de notre enfance, de notre adolescence, des rapports avec nos parents, de leur position dans le couple s'il existe encore, du manque s'il n'existe plus, de leur amour, de leur distance, de leur absence, de leurs propres histoires, de leurs blessures, de celles de ceux qui les ont précédés, des loyautés et des blessures invisibles, de tout ce bagage que nous portons et dont nous ne nous débarrasserons jamais, de la fatalité de la ressemblance avec nos parents, de la volonté de ne pas leur ressembler, qui parfois devient une lutte, du chemin assez étroit sur lequel nous avançons, sans retour possible, et où constamment nous revenons à eux, à ce qu'ils sont, à ce qu'ils ont fait, comme un mètre étalon.

C'est encore plus vrai quand nous devenons nous-mêmes parents.

Je vois mon père lire *La Mort d'un père* de Karl Ove Knausgaard, je ne serai sans doute pas là quand son cœur s'arrêtera, je manquerai ce moment comme j'ai manqué sa naissance, sa jeunesse, mais j'aurai saisi la possibilité de mieux le connaître, de l'interroger, de l'approcher au plus près, dans ce que nous vivons maintenant, dans la conscience que c'est quelque chose que nous faisons rarement avec nos parents, que nous regrettons quand ils sont morts, que le mystère, les zones d'ombre qui demeurent sont parfois une douleur. Connaître son héritage permet sans doute de mieux se développer dans sa propre vie et de savoir ce que l'on veut transmettre, car même morts, nos parents et les leurs continuent à vivre en nous. Nous avons besoin de nos morts pour nous projeter dans la vie, nous avons besoin de modèles, qu'on veuille les suivre ou les repousser. Les morts n'ont plus de voix, on peut se les approprier. Je me suis approprié Casanova et j'ai recherché ce qu'il y avait de meilleur en lui.

Alors que nous nous éloignons de la Seine et que nous guettons un taxi, mon père dit qu'il a envie de boire un verre.

À 3 heures du matin, alors que je rêve que je dors dans le poulailler de mon père au milieu des poules, je me réveille en sursaut. Je tends le bras, la place est vide. Samuel a toujours dormi à ma gauche dans chaque chambre où nous allons. J'essaie d'imaginer ce que je ressentirais s'il n'était plus là, je n'y arrive pas, je n'ai aucune idée de la vie sans lui ; nos deux vies sont imbriquées depuis si longtemps. Je connais ma solitude pendant les voyages mais elle n'est pas dans le décor du quotidien, son absence n'est pas une perte, elle est consécutive au mouvement rendu nécessaire par mon travail, c'est moi qui pars et tout reste en place, l'appartement, le mari, l'enfant, c'est une parenthèse avec un commencement et une fin. La rupture et la mort, ce sont des commencements sans fin pour ceux qui restent.

Casanova vient s'asseoir près de moi, il pose une main sur mon front et me dit Tu peux vivre ta vie, je te délivre. J'ouvre les yeux : Samuel est penché sur moi. Je sursaute.

— Tu es brûlante. Tu parlais.

— Il est quelle heure ?

— Quatre heures.

— Ah quand même ! Vous êtes allés où ?

— Dans un bar et après dans une boîte dans le VIIIe. Ton père est inarrêtable. J'ai fait le traducteur avec des Américaines.

— Il ne va plus jamais vouloir partir !

— D'ailleurs il n'est pas rentré avec moi !

— Embrasse-moi fougueusement.

— Qu'est-ce qui te prend ?

— Je suis ta femme, embrasse-moi.

Il embrasse rapidement mes lèvres.

— Fougueusement.

— Je suis fatigué.

— Tu vois, tu n'as plus de désir pour moi.

— On ne demande pas comme ça, ça doit être spontané. Embrasse-moi fougueusement toi !

Je fourre ma langue entre ses lèvres.

— Tu te forces.

— Tu pues l'alcool et je sens que tu n'as pas envie. On ne sait plus faire, dis-je.

— Est-ce qu'on a déjà su faire ?

— Arrête avec ça. Au début, c'était un peu compliqué mais après c'était bien. Si on n'a jamais été les meilleurs amants, on s'entendait bien, on s'aimait.

— Oui, dit-il dans un souffle.

— Je crois qu'on ne s'aime plus.

— Est-ce que tu te sens mal avec moi ?

— Non, mais je ne vibre plus. J'étais peut-être coincée au lit mais je vibrais !

— C'est comme ça quand on vit ensemble, on se lasse. Regarde ton père avec ta mère, avec Sylvie.

— Mon père a toujours désinvesti le couple, ça n'est pas un bon exemple.

— Regarde mes parents, cinquante ans de vie commune, ils ne se supportent plus !

— À même pas quarante ans, j'ai encore le droit de rêver à l'amour et au désir. Je ne dis pas que c'est ta seule faute, on est deux.

— C'est à cause de Venise ?

— C'est plutôt *à cause de mon père*. Vivre avec lui en adultes, parler de l'amour et du désir m'a fait réfléchir à ma propre vie.

— On en parlera demain, je vais me brosser les dents, dit-il.

— On ne parlera pas demain, on ne sait pas parler. Je veux qu'on fasse une pause.

Il se rassied au bord du lit.

— J'ai la tête qui tourne, dit-il.

— Ça nous fera du bien à tous les deux.

Il se couche contre moi, sans un mot, tout habillé, et se met à ronfler.

14

— C'est bon ? je demande.

— C'est très bon, répond mon père.

— Tu peux le dire que c'est bon.

— Tu cuisines comme ta mère.

— C'est une recette de maman.

— C'est bien que Samuel soit parti, je peux goûter ta cuisine, dit-il en riant.

— C'est au moins une chose qu'il fait, cuisiner.

— Tu vois qu'il fait des choses et il cuisine très bien !

— Il cuisine comme sa mère juive. Même dans la cuisine, on n'échappe pas à son hérédité !

Je me retourne pour regarder ma fille endormie sur le canapé.

— Tu as des nouvelles ?

— Oui, je t'avoue que c'est étrange de le savoir à Venise.

— Tu as aimé, il avait envie de découvrir.

— On fait une pause, on parle de se séparer, il part à Venise. En tout cas, il fait toutes les adresses que je lui ai recommandées, même les lieux de Casanova, il m'a envoyé une photo de sa rue ! Là il est en train de dîner à l'Osteria Giorgione da Masa. Il parle vins naturels avec le patron japonais.

— C'est vraiment son truc, le vin, la cuisine. Il faut qu'il rouvre un resto !

— Il dit que maintenant il y a trop de restos à Paris, il ne sait pas quoi faire de nouveau, il se trouve has been.

— Il a pourtant du talent.

— Oui, et pour la décoration aussi. C'est lui qui chaque fois a fait la déco de ses restos, est allé chiner les meubles jusqu'en Belgique.

— Il te manque ?

— C'est la première fois qu'il part, ça me fait bizarre.

— Qu'est-ce que tu vas faire ?

— Je ne sais pas.

Je ne dis pas à mon père que le matin même, alors qu'il accompagnait Maya à l'école et que le soleil commençait à pénétrer dans l'appartement, je fixais la page d'inscription Match, arrêtée au milieu des étapes de mon profil : tranches d'âge recherchées – quarante/cinquante ans, pas plus jeune que moi ; photo – une photo prise par ma sœur dans un musée à Rio, un peu floue, je ne voudrais pas qu'un copain de Samuel, de la cohorte des vieux séducteurs tombe sur mon profil ; prénom – un autre, disons Cécile ; âge – le vrai – trente-neuf ; phrase de présentation – vide ; signe astro – poisson ; j'ai bloqué à « types de relations recherchées ».

Il faut rechercher quelque chose, *relation* signifie créer un lien avec une autre personne. J'ai l'impression de me trahir autant que je trahis Samuel. Faire la démarche sur Match, c'est une première trahison, je n'ai pas la désinvolture de mon père, je ne veux pas ajouter le mensonge dans ma vie, c'est une charge mentale supplémentaire. Je veux savoir, non pas si je plais, je le vois bien dans le regard de certains hommes, pas de tous les hommes mais je ne cherche pas à plaire à tous les hommes – je veux savoir si je suis capable de désirer quelqu'un d'autre.

Mais à la porte du supermarché de la rencontre, soudain cela me semble vain, trop *recherché*. C'est justement mon métier d'être chercheuse, de mener des études, des travaux, avec méthodes et efforts pour faire progresser la connaissance. Je ne veux pas appliquer la recherche à ma propre vie. Après cette première décision de faire une pause avec Samuel, je veux me laisser porter par mes propres sensations beaucoup plus vagues qu'une recherche qui nécessite un effort, une action. J'ai fermé la page Match, j'ai reçu un peu plus tard dans la journée un mail m'invitant à *finaliser* mon profil, j'ai effacé le mail.

— Je veux laisser de la place au vide. Je veux voir si dans le vide quelque chose apparaît.

— Moi c'est dans l'action que je me trouve, que j'évolue. Ça n'a rien donné de bon de rester sur ton canapé pendant deux semaines. Je me sens revivre au contact des femmes. Elles sont tellement plus fines, plus intelligentes que nous...

— Je relisais hier un texte que Casanova a publié à la quarantaine, qui s'appelle *La Pompadour et les femmes puissantes*, j'ai photographié le passage :

> Les femmes sont sages, prudentes, perspicaces et rusées, et elles seraient également capables, comme les hommes, d'occuper les charges les plus illustres et les plus intéressantes de la monarchie (...) Une femme choisie ne me semble en rien inférieure à l'homme en capacité et en jugement, et l'homme, qui est plus fort, la tient dans l'ignorance pour ne pas se voir subjugué par elle dans les lois, les arts et les sciences.

Il y a aussi ce texte incroyable où il tourne en ridicule la thèse de deux médecins vénitiens de l'*utérus pensant*, qui serait une force agissante, source de trouble empêchant les femmes de penser de la même façon que les hommes. Il ironise en disant que si l'utérus domine le corps de la femme, le sperme domine l'esprit de l'homme ! Il a une réflexion très moderne sur le rapport homme/femme, où il déclare que c'est l'éducation des femmes qui les maintient dans un état d'ignorance et de domination mais qu'à éducation et condition égales, les femmes seraient meilleures que les hommes.

— Je suis encore d'accord avec Casanova. Je ne pourrais vivre qu'avec des femmes et je suis presque uniquement entouré de femmes : Sylvie, ta grand-mère, ta mère, mes filles, Florence, les autres femmes. Je n'ai plus d'ami homme depuis le départ de Jean-Marie ! Je l'ai eu au téléphone hier : il va se marier au mois de décembre en Guadeloupe, je suis invité.

— Pas possible, Jean-Marie, l'éternel célibataire se marie. Il a quel âge ?

— Soixante-huit ans.

— Tout arrive. Il se marie avec qui ?

— Il se marie avec une Guadeloupéenne du même âge que lui, avec qui il vit depuis cinq ans. Je pense que je vais y aller.

— C'est super, ça va te changer d'air. Ce qui est triste chez Casanova c'est qu'il finit seul, replié, aigri, moqué par les employés du château de Bohême où il est bibliothécaire. Il fait encore son effet dans quelques dîners provinciaux par le récit de ses aventures passées, il subjugue quelques femmes, dont Cécile de Roggendorff, de cinquante ans sa cadette, qui lui écrit des lettres d'admiration mais l'échange reste épistolaire et platonique. Il vit au milieu des quarante mille livres qu'il a la charge de classer, et de ses propres souvenirs qu'il raconte dans ses Mémoires. Lui qui a tant vécu ne vit plus, lui qui a aimé tant de femmes n'en a gardé aucune.

— C'est un homme qui brûle ses vaisseaux. Moi je suis un constructeur. J'ai ma maison et mes terres, je n'ai jamais vécu seul et je ne finirai pas seul.

— Demain, après la fac, je vais aller à la Bibliothèque nationale de France où il y a une partie de ses manuscrits, tu veux venir avec moi ? C'est intéressant à voir et c'est pas très loin de ton rendez-vous prostate.

— Oui, très bien. Merci, ma fille, de t'occuper de ton père.

15

Ma mère appela alors que je me trouvais sur un trottoir avec un collègue professeur avec qui j'avais accepté de déjeuner pour la première fois après des mois d'ignorance de sa cour assidue. Il avait fait une nouvelle tentative le jour du départ de Samuel comme s'il avait senti la brèche – la pause, mon agacement de son départ précipité, son choix de Venise. Il avait réservé dans un bistrot haut de gamme du quartier de la Sorbonne, il était vêtu d'un pantalon en toile beige décontracté et une chemisette à motifs floraux alors qu'il portait, été comme hiver, des costumes bleu marine et des chemises blanches, je ne pouvais m'empêcher de penser à la chemisette de mon père à Venise. Il était beaucoup trop jeune pour avoir une fille en âge de lui donner des conseils vestimentaires, il n'avait pas d'enfant du tout, il avait à peine trente ans et n'avait jamais été véritablement en couple. J'étais flattée qu'un homme plus jeune s'intéresse à moi, beau de surcroît. Avec ses cheveux et sa barbe rousse, il ressemblait à Michael Fassbender.

Il était tout le contraire de Samuel, il était intellectuel et sportif, c'était un ancien champion d'aviron de haut niveau et il faisait aujourd'hui du karaté plusieurs heures par semaine dans un dojo du XIVe arrondissement, il disait que le karaté était une forme de méditation, il m'écoutait attentivement quand je parlais, je le fis rire en évoquant mon père qui m'écrivait à l'instant pour s'excuser, il préférait prendre un café avec une jolie femme plutôt que de venir à la BNF voir les manuscrits de Casanova !

Il m'a émue en disant que le sien était mort dans un accident de voiture alors qu'il avait six ans, et que c'était dur pour un fils de se construire sans modèle ou contre-modèle masculin. Plus on avançait dans le déjeuner, plus je me disais que nous étions en phase intellectuellement, qu'il était mon type d'homme, il s'exprimait bien, d'une voix douce et sensuelle, il se mit à parler espagnol avec le serveur, il me raconta ses années en Argentine, ses nombreux voyages, je décrochai de son discours, je l'observai : il y avait comme un voile triste sur son regard qui ne me lâchait pas, je fixai ses avant-bras secs et musclés, j'imaginais son corps comme celui de Fassbender dans *Shame*, j'imaginais son sexe en érection, je l'imaginais en train de regarder des pornos le soir, son ordinateur sur les genoux, en train de se masturber, j'imaginais sa solitude et son désir étrange, le visage de Fassbender se superposait au sien, il y avait quelque chose de pressant et d'agressif dans sa séduction, qui ne relevait pas du jeu au contraire de Casanova et de mon père. J'eus peur, je voulus partir, écrire à Samuel qu'il me manquait.

Alors quand, sur le trottoir devant le restaurant, je ne sus plus comment me soustraire à son regard de glace et que ma mère appela, je fus heureuse de dire qu'on doit toujours répondre à sa maman et de m'éloigner en lui adressant un signe de la main.

— Oui, maman.

— Qu'est-ce que tu fais, tu as l'air essoufflée ?

— Je sors d'un restaurant, je déjeunais avec un collègue, je vais à la bibliothèque.

— Ton père m'a dit que Samuel était parti quelques jours à Venise.

— Les nouvelles vont vite.

— On s'appelle tous les jours avec ton père. Il est en pleine forme ! Alors mon idée de l'inscrire sur un site de rencontres ?

— C'est sûr qu'il a repris du poil de la bête, peut-être un peu trop !

— C'est mieux que de le voir avachi sur ton canapé !

— Je me demande juste quand il va repartir.

— C'est sûr qu'il n'a pas l'air pressé !

— Tu viendras si tu veux à la rentrée.

— Oh non, Paris, merci bien, je suis bien avec mon Doudou à Beaune. Pas de bêtises avec ton collègue, hein !

— Oh maman, c'est juste un collègue.

— Il est bien ton Samuel, il faut juste qu'il se réveille un peu. Tu veux que je l'appelle ?

— Surtout pas ! J'ai presque quarante ans, maman, je me débrouille. Les parents qui ne me lâchent pas !

— Ta sœur a mis un océan entre nous, on n'a que toi, il faut nous comprendre !

— C'est surtout elle que je comprends.

— Tu as repris ton souffle ? Je voudrais te dire quelque chose d'important.

— Après avoir eu papa à la maison pendant un mois, je crois que je peux tout entendre.

— Je ne suis pas la fille de mon père, dit-elle.

Je suspends ma marche et m'appuie contre un poteau.

— Ah oui, quand même.

— Tous mes frères et sœurs le savaient. C'est Babeth qui m'a appelée pour me le dire. Je ne l'avais pas eue depuis son divorce d'avec mon frère. Elle est malade, elle ne voulait pas emporter ce secret dans sa tombe. Je suis la fille d'un jeune saisonnier italien qui est venu travailler un été dans la ferme de mes parents. Tu es là, je ne t'entends plus ?

— Je t'écoute.

— Il avait vingt ans, ma mère avait quarante-cinq ans. Ils ont vécu une histoire d'amour, ils se cachaient à peine de mon père et de mes frères et sœurs. Christian avait vingt ans, François, dix-huit, Jackie et Mado avaient déjà treize et quinze ans. Il s'appelait Bruno Rossi, il venait du Piémont. Je lui ressemble beaucoup. Il y avait des photos chez Mado.

— Elles sont passées où, ces photos ?

— J'ai demandé à Jackie, elle ne sait pas. Elles ont sans doute été jetées à la vente de la maison de Mado.

— Qu'est-ce qu'elle dit Jackie ?

— C'est elle qui m'a donné son prénom et son nom.

— Pourquoi elle ne t'a rien dit pendant toutes ces années.

— Pour ne pas faire d'histoires.

— Mais c'est ton histoire, elle t'appartient. Comment tu te sens ?

— Soulagée, je me suis toujours sentie différente, tu le sais. Je comprends mieux pourquoi mon père ne s'est jamais intéressé à moi, pourquoi ma mère me protégeait autant, pourquoi je ne ressemblais pas à mes frères et sœurs.

Je m'approche d'une vitrine pour regarder mon visage, pour chercher dans ses contours les indices de cet héritage inconnu.

— Moi qui aime tant l'Italie.

— Quand tu étais petite et qu'on allait chez Mado qui vivait dans les montagnes en Suisse, il y avait une chaîne italienne à la télévision et tu voulais toujours regarder les dessins animés en italien.

— Tu ne m'as jamais parlé de ça.

— Ça me revient là.

— Jackie, qui l'a connu, dit que je lui ressemble.

— Elle se souvient de lui ?

— Il est resté quasiment un an à la ferme, il vivait avec eux. Les dates concordent, il est resté de l'été 1954 à mai 1955 et je suis née en septembre.

— Je trouve inadmissible qu'on t'ait caché ça tout ce temps. Tu apprends à presque soixante-dix ans que tu n'es pas la fille de ton père ! C'est un choc, c'est une case manquante.

— C'est une fenêtre ouverte.

— Tu vois toujours les choses positivement toi ! Tu as prévenu Marion ?

— Non, je préférais commencer par toi, on ne sait jamais comment elle va réagir, ta sœur.

Je regarde encore mon visage dans la vitrine.

Est-ce que je ressemble à ce grand-père italien ? Où est le Piémont ?

Je regarde sur mon téléphone le découpage des régions italiennes : le Piémont est un territoire de lacs et de montagnes qui jouxte les frontières française et suisse. Je me souviens de la maison de Mado dans les montagnes suisses, des vignes et des pâturages autour, on aimait y aller, j'aimais Mado qui s'est suicidée à la soixantaine, je ne me souviens pas des dessins animés italiens.

Ma mère avance sereinement vers la vieillesse, après une enfance en déshérence, une vie ponctuée de déceptions, de dépressions, de malheurs et de disparitions, et encore cette nouvelle immense *Je ne suis pas la fille de mon père* qu'elle accueille avec philosophie. J'appelle ma sœur qui ne répond pas, peut-être en conversation avec ma mère. Je compose le numéro de Samuel. Il répond presque instantanément d'une voix enjouée. Il sort d'une « super trattoria » du Cannaregio où il a rencontré un chef franco-italien,

Gino, qui a un resto dans le XIe arrondissement, il me raconte leur discussion passionnée sur l'évolution de la restauration à Paris, la bistronomie, les vins naturels, je connais déjà son discours et ses mots mais je suis contente de le sentir revivre. Ils vont se revoir ce soir avec la femme américaine de Gino, qui est peintre.

— Elle connaît ta sœur, enfin son travail. Elle est connue ta sœur dans le milieu de la peinture.

— Oui, on le sait. Elle va bientôt exposer à Madrid.

— J'aime bien Venise, j'avais une mauvaise image. Il faudrait qu'on revienne ensemble.

Je reste silencieuse.

— Tu fais quoi toi ?

— Je devais aller faire des recherches à la BNF mais ma mère m'a appelée pour me dire qu'elle n'était pas la fille de son père mais d'un jeune ouvrier agricole italien, du Piémont. C'est une belle-sœur qui lui a dit.

— Tu y crois ?

— C'est possible.

— C'est vrai que tu as une tête d'Italienne maintenant que tu le dis !

— On me l'a déjà dit.

Je pense à Federica, ils se sont peut-être croisés au détour d'une ruelle du Dorsoduro, je pense aux chemins qu'on ne prend pas, à ma sœur qui a pris un autre chemin, à celui de mon père, à celui de ma mère, qui sont tous différents mais qui sont pourtant les ramifications d'une racine commune et de racines plus profondes encore, dont nous ignorons tout et qui nous relient les uns aux autres.

Quelle est cette racine italienne qui est en moi, qui a peut-être secrètement commandé mes inclinations, mon itinéraire, Andrea Visconti, Casanova, le boulevard des Italiens, Alicia, Venise ; tout me ramène toujours à l'Italie.

16

Je me tiens à côté de mon père sur le trottoir, sa valise entre nous. Le taxi s'arrête à notre hauteur.

— Tu es sûr que tu es prêt à rentrer ?

— Oui, c'est décidé. Je suis en forme. Mon jardin me manque. Et je veux que tu retrouves Samuel seule. Merci, ma fille.

Il me serre dans ses bras, j'ai envie de pleurer.

Dans mon appartement, je fixe le vide, désemparée par le silence et la solitude de cette grande journée qui s'ouvre.

Par réflexe pavlovien, je m'assieds devant mon ordinateur, j'ignore mes mails, et me mets à écrire. Je déjeune d'un œuf au plat et d'un reste de purée de Maya. Et je continue, l'écriture semble couler, elle résiste moins. Ce qui résistait, c'était le sentiment de ma faute.

C'est à la fin de l'après-midi que je découvre, au milieu des mails du jour, le mail de Federica : « Chère Jeanne, j'espère que vous allez bien et aussi votre papa. À Venise, c'est la grande chaleur et pas tout à fait les vacances et j'ai eu la surprise de recevoir dans mon bureau votre mari, qui voulait me connaître et me dire qu'il ne m'en voulait pas d'avoir cherché à vous séduire car pour lui, cela avait été une évidence il y a seize ans. Il sait qu'il vous a délaissée, dans la vie quotidienne, avec le travail, votre fille, qu'il a fait des erreurs, il le regrette. Il m'a dit : je vais tout faire pour reconquérir ma femme. Il ne s'est pas présenté en ennemi mais en homme amoureux. Il m'a demandé de ne pas vous en parler mais je ne peux pas résister à l'envie de vous le dire car j'ai trouvé sa démarche courageuse et belle. Et il m'a appris que vous étiez italienne pour un quart, c'est incroyable et si évident en même temps. Je ne peux pas vous demander de garder mon mail pour vous et de faire un secret à votre mari. Et je crois que la parole, qui nous est si chère à nous les Italiens, a beaucoup plus de vertu que le silence. On peut se parler si vous le souhaitez, je viendrai d'ailleurs à Paris à la rentrée. Amitié. F. »

Shootée par ma journée d'écriture, détendue et paisible, je ressens de la gratitude pour mon mari en *homme amoureux*, pour Federica qui me l'écrit, pour le destin qui par la bouche de ma mère me dévoile ma part italienne. Je suis italienne, *sono italiana !*

Lorsque je vais chercher Maya à l'école, je lui parle en italien, ça la fait rire, je lui fais répéter des phrases : *andiamo al parco* (allons au parc), *mi piacciono i fagiolini* (j'aime les haricots verts), *amo la mia mamma* (j'aime ma maman). Je lui désigne les syllabes à accentuer, elle répète après moi en riant.

Au square nous retrouvons une enfant de l'école et son papa, nous parlons du travail, de la chaleur, des vacances qui approchent, pour nous en Grèce, pour eux au Portugal.

Le père me demande ce que m'a appris Casanova.

Casanova m'a appris qu'il y a des hommes qui aiment les femmes, qui les considèrent comme leurs égales, qui ne jugent pas celles qui aiment le sexe, pour qui le plaisir n'est pas leur plaisir mais un plaisir partagé, que les hommes dominent le monde par usurpation, qu'ils maintiennent les femmes dans l'ignorance, que les qualités intellectuelles, que les fonctions que l'on exerce, que la prise en main de son destin, que le plaisir ne sont pas une question de genre mais d'éducation. Les femmes peuvent tout autant que les hommes. J'ajoute Mon père m'a appris ça aussi. Le père regarde sa fille grimper avec sa jupette rose.

Et Samuel, qu'est-ce qu'il dit de tout ça ? Il me pose la question sans cesser de regarder sa fille. Nous apprenons Samuel et moi, nous apprenons toujours.

Lorsque nous rentrons à l'appartement, ma fille s'allonge sur le canapé, elle dit Je suis sur le lit de mon papi, et elle s'endort. Je la transporte dans sa chambre.

Dans l'encadrement de sa fenêtre, la pleine lune me défie, je tire les rideaux. Dans le salon, je m'allonge moi aussi sur le canapé de mon père, je regarde le beau profil de Romain Gary qui se découpe dans la bibliothèque, sur son livre *La nuit sera calme*.

Casanova s'assied sur le canapé, il prend mes pieds nus dans ses mains. Je me réveille en sursaut. Il y a comme un déplacement de l'air dans la pièce, la fenêtre se referme d'un coup, un éclair zèbre le ciel, la lune est masquée par les nuages, je ferme les fenêtres, il est 2 heures du matin, je traverse l'appartement silencieux et me laisse de nouveau aspirer par le sommeil.

Je suis dans une fête, dans un grand palais vénitien qui donne sur le Grand Canal, je regarde chaque visage, je cherche Casanova, je touche un corps qui tombe en poussière, et un autre, je découvre que tous les convives sont morts et ne sont que poussière.

17

Un mois et demi plus tard, 31 août 2023

Nous sommes attablés dans l'herbe, sous le grand tilleul qui déploie ses branches en parasol, Maya fait la sieste sur le ventre dans le tipi près du bac à sable. On fait une pause avant le dessert, après la salade des tomates du jardin, le poulet rôti, le tian de légumes et le plateau de fromages préparé avec soin par une fromagère avec qui mon père a eu une liaison il y a dix ans et qui lui fait toujours un prix.

Ma sœur n'a pas changé, son beau visage s'est un peu creusé, quelques rides sont apparues autour de ses yeux verts, le même regard que mon père, elle a toujours cette réserve, cette vie intérieure qui crée comme un halo protecteur autour d'elle. Le plus grand changement, c'est qu'elle nous présente une femme pour la première fois : Judit, espagnole par sa mère, brésilienne par son père, qui a grandi à Rio, de dix ans plus âgée qu'elle, journaliste sur les questions écologiques, elle vient de réaliser un documentaire, *Amazonie, le poumon du monde*. Elles sont ensemble depuis un an.

Deux semaines après que ma mère lui a révélé son origine italienne, alors même que mon prélèvement buccal était en train de traverser l'Atlantique pour être analysé dans un laboratoire de San Francisco, alors que mon père était rentré chez lui à Mougeot, elle nous a annoncé qu'elle viendrait passer quelques jours à la fin août avec Judit avant son exposition à Madrid. Au téléphone, ma sœur m'avait dit Je me sens vraiment amoureuse. Je ne lui ai pas dit que notre père avait prononcé exactement les mêmes mots la veille Je me sens vraiment amoureux.

Ma sœur, sous sa grande réserve, est peut-être finalement celle qui ressemble le plus à mon père, elle est de la lignée des grands amoureux. Je surprends ses regards de feu à l'intention de Judit, qui croisent ceux de mon père à destination de la belle blonde de soixante-cinq ans, que ma grand-mère dévisage en parlant à Judit.

Samuel avance sur le gazon, le gâteau d'anniversaire dans les mains, nous entonnons une chanson d'anniversaire. Maya se réveille et vient s'asseoir sur les genoux de mon père, elle souffle les bougies.

— Tu as quel âge, papi ?

— Soixante-dix ans.

— C'est beaucoup, dit-elle.

— Oui, mais il y a encore de belles années à venir. Merci, maman, mon ex et mes filles d'être là toutes les deux, Marion de nous présenter ton amoureuse, Jeanne de m'avoir supporté pendant plus d'un mois chez toi et merci à ton coiffeur de fermer en juillet. Sans cela je n'aurais pas pris rendez-vous à Beaune et je n'aurais peut-être jamais rencontré Nadine (qu'il regarde amoureusement), la vie est vraiment pleine de surprises et de rebondissements ! Marion, maintenant que tu nous assumes, on te l'annonce : on vient tous à Madrid pour ton vernissage, même mémé !

Marion pose ses deux mains sur son visage et traduit en portugais à Judit.

— Vous êtes une belle famille, dit Judit en français avec son accent portugais, ce qui fait rire toute la tablée.

— On accepte les nouveaux membres et on garde les anciens ! dit mon père en posant une main dans le dos de Samuel. Je vous souhaite à tous les trois d'être heureux à Venise, on viendra vous voir aussi ! D'abord Madrid, ensuite opération de la prostate, ensuite le mariage de Jean-Marie en Guadeloupe.

Mon père va se faire opérer à Paris par un spécialiste qui pratique la technique de l'embolisation, il restera un homme complet. C'est Maya qui souffle les bougies sur le gâteau préparé par Nadine.

— Les œufs bleus de Caquette dans le gâteau ! s'exclame ma fille.

— Oui, Caquette s'est mise à pondre et elle pond des œufs bleus, dis-je.

— Comment ça, bleus ? demande ma mère.

— Ils sont blanc bleuté, dit mon père, tout est possible dans la nature.

— Il est délicieux ton gâteau, je vais t'embaucher dans mon resto, Nadine ! Il faut juste que tu te mettes à l'italien mais ça se fait bien, il y a de très bons livres.

Samuel me regarde amoureusement et m'embrasse. J'allume une cigarette, je pousse la fumée vers le ciel, ça fait partie des mises au point que nous avons eues, la cigarette est l'un des points de ma liberté regagnée.

Alors que l'après-midi s'étire lentement au bord de la piscine et que la chanson *Libérée, délivrée* de *La Reine des neiges* résonne dans la petite maison de la piscine, mon père allongé à côté de moi sur un transat fredonne : « Libérée, délivrée, je ne mentirai plus jamais », en me regardant en souriant, alors que Nadine parle dans la piscine avec ma mère.

— C'est vrai ça ?

— Oui, j'ai de la chance d'être tombé encore amoureux à soixante-dix ans.

— Tu es un grand amoureux, surtout des coiffeuses !

— J'ai eu plus d'infirmières que de coiffeuses avec ma leucémie ! Mais le cœur s'use, c'est plus difficile avec l'âge. Je crois que je suis arrivé au bout d'un cycle à Paris.

— D'un long cycle.

— Oui, presque une vie pour ouvrir une autre vie. Je ne crois pas qu'on change mais il y a des étapes dans la vie qui nous oblige à vivre différemment. Je n'ai plus envie de me disperser. Depuis que je suis revenu à Mougeot, au milieu des arbres, la comparaison me vient souvent. Avant je vivais comme les branches d'un arbre, aujourd'hui je suis le tronc, je suis réuni.

— Le tronc est proche de la racine.

— Absolument. Les feuilles et les hommes retombent toujours sur les racines. C'est bientôt la fin et je ne regrette rien, j'ai vécu tel que je le voulais. D'ailleurs, je voudrais que tu fasses écrire sur ma tombe que la grande affaire de ma vie, ça a été de donner du plaisir aux femmes.

— Je l'ajoute à mes notes, dis-je en riant.

— Toi tu es dans l'âge de la croissance. C'est comme si vous empruntiez une nouvelle branche avec Samuel en choisissant d'aller vivre à Venise…

— Qui bizarrement me rapproche de cette nouvelle racine italienne. On va essayer de faire autrement, on a pris un appartement avec deux chambres.

— Il n'y a pas une manière de vivre. Vous êtes bien repartis, tous les deux, on dirait des amoureux. Et tu abandonnes vraiment Casanova.

— Oui, Casanova n'est jamais revenu à Venise ! C'est la fin d'un cycle aussi pour moi. Je vais mettre cette année de disponibilité à profit pour écrire mon livre et après on verra.

Je regarde mon père qui plonge en direction de Nadine, je regarde ma petite sœur qui est avec une femme plus âgée que moi, je regarde Samuel qui parle à ma grand-mère dans l'hiver de sa vie, je regarde ma mère qui fait la sieste sous le tilleul qui perdra ses feuilles à l'automne, si heureuse avec son Doudou alors qu'elle ne voulait plus vivre quand mon père est parti, je regarde ma fille dans son printemps, éblouie par *La Reine des neiges*.

C'est la fin de l'été, et c'est un commencement.

Note et bibliographie

Pour moi, écrire c'est être fortement touchée par le réel et le transformer en fiction. C'est pourquoi ce livre est un roman. Au contraire de Jeanne, mon héroïne, je ne suis pas une spécialiste de Casanova mais je me suis efforcée de relater avec exactitude les événements de sa vie, grâce à ses Mémoires et à la précieuse documentation qui les entoure.

Pour le reste, je puise librement dans le réel.

Parmi mes libertés, je me suis autorisée à placer les expositions de Marlene Dumas au Palazzo Grassi et l'édition de la Biennale de Venise « Stranieri Ovunque – Foreigners Everywhere » en juillet 2023, pour que mes personnages puissent les visiter.

Voici les ouvrages qui m'ont accompagnée dans l'écriture de ce livre :

CASANOVA, *Histoire de ma vie*, Bibliothèque de la Pléiade, Gallimard, 2013.

CASANOVA, *Histoire de ma vie*, édition établie sous la direction de Jean-Christophe Igalens et Erik Leborgne, Bouquins éditions, 2024.

Lydia FLEM, *Casanova ou l'exercice du bonheur*, Seuil, 1995.

Félicien MARCEAU, *Une insolente liberté*, Gallimard, 1983.

Chantal Thomas, *Casanova, Un voyage libertin*, Folio, 2022.
Philippe Sollers, *Casanova l'admirable*, Folio, 2002.
Maxime Rovere, *Casanova*, Folio biographies, 2013.
Giacoma Casanova, *Discours sur le suicide*, Rivages poche, 2007.
Cécile de Roggendorff, *Lettres d'amour à Casanova*, Zulma Dilecta, 2005.
Stefan Zweig, *Trois poètes de leur vie*, 1983.
Sade, *La Philosophie dans le boudoir*, Folio, 1999.
Laura Zavan, *Venise, les recettes culte*, Marabout, 2020.

Remerciements

Merci à ma famille, pour son union et son soutien, et en particulier à mon père, qui m'a montré le chemin de la liberté.

À Anna, première lectrice, et à Elia, qui va bientôt apprendre à lire.

À Jean-Michel Décimo, pour son regard juste et bienveillant.

À Isabelle Gallimard, pour son accueil chaleureux au Mercure, et sa confiance.

Composition : PCA/CMB Graphic
Achevé d'imprimer
par CPI Firmin-Didot
à Mesnil-sur-l'Estrée, en novembre 2025
Dépôt légal : décembre 2025
Numéro d'imprimeur : 186263
magasin@gallimard.fr

ISBN : 978-2-7152-6705-3/Imprimé en France

672206